Colecção Literatura de Macau

澳門基金會
FUNDAÇÃO MACAU

中华文学基金会

· 小 说 ·

# 白银

李烈声 / 著

作家出版社

# 澳门文学丛书

# 总 序

值此“澳门文学丛书”出版之际，我不由想起 1997 年 3 月至 2013 年 4 月之间，对澳门的几次造访。在这几次访问中，从街边散步到社团座谈，从文化广场到大学讲堂，我遇见的文学创作者和爱好者越来越多，我置身于其中的文学气氛越来越浓，我被问及的各种各样的问题，也越来越集中于澳门文学的建设上来。这让我强烈地感觉到：澳门文学正在走向自觉，一个澳门人自己的文学时代即将到来。

事实确乎如此。包括诗歌、小说、散文、评论在内的“澳门文学丛书”，经过广泛征集、精心筛选，目前收纳了多达几十部著作，将分批出版。这一批数量可观的文本，是文学对当代澳门的真情观照，是老中青三代写作人奋力开拓并自我证明的丰硕成果。由此，我们欣喜地发现，一块与澳门人语言、生命和精神紧密结合的文学高地，正一步一步地隆起。

在澳门，有一群为数不少的写作人，他们不慕荣利，不怕寂寞，在沉重的工作和生活的双重压力下，心甘情愿地挤出时间来，从事文学书写。这种纯业余的写作方式，完全是出于一种兴趣，一种热爱，一种诗意追求的精神需要。惟其如此，他们的笔触是自由的，体现着一种充分的主体性；他们的喜怒哀乐，他们对于社会人生和自身命运的思考，也是恳切的，流淌着一种发自肺腑的真诚。澳门众多的写作人，就这样从语言与生活的密切关联里，坚守着文学，坚持文学书写，使文学的重要性在心灵深处保持不变，使澳门文学的亮丽风景得以形成，从而表现了澳门人的自尊和自爱，真是弥足珍贵。这情形呼应着一个令人振奋的现实：在物欲喧嚣、拜金主义盛行的当下，在视听信息量极大的网络、多媒体面前，学问、智慧、理念、心胸、情操与文学的全部内涵，并没有被取代，即便是在博彩业特别兴旺发达的澳门小城。

文学是一个民族的精神花朵，一个民族的精神史；文学是一个民族的品位和素质，一个民族的乃至影响世界的智慧和胸襟。我们写作人要敢于看不起那些空心化、浅薄化、碎片化、一味搞笑、肆意恶搞、咋咋呼呼迎合起哄的所谓“作品”。在我们的心目中，应该有屈原、司马迁、陶渊明、李白、杜甫、王维、苏轼、辛弃疾、陆游、关汉卿、王实甫、汤显祖、曹雪芹、蒲松龄；应该有莎士比亚、歌德、雨果、巴尔扎克、普希金、托尔斯泰、陀思妥耶夫斯基、罗曼·罗兰、马尔克斯、艾略特、卡夫卡、乔伊斯、福克纳……他们才是我们写作人努力学习，并奋力追赶和超越的标杆。澳门文学成长的过程中，正不断地透露出这种勇气和追求，这让我对她的健康发展，充满了美好的期待。

毋庸讳言，澳门文学或许还存在着这样那样的不足，甚至或许还显得有些稚嫩，但正如鲁迅所说，幼稚并不可怕，不腐败就好。澳门的朋友——尤其年轻的朋友要沉得住气，静下心来，默默耕耘，日将月就，在持续的辛劳付出中，去实现走向世界的过程。从“澳门文学丛书”看，澳门文学生态状况优良，写作群体年龄层次均衡，各种文学样式齐头并进，各种风格流派不囿于一，传统性、开放性、本土性、杂糅性，将古今、中西、雅俗兼容并蓄，呈现出一种丰富多彩而又色彩各异的“鸡尾酒”式的文学景象，这在中华民族文学画卷中颇具代表性，是有特色、有生命力、可持续发展的文学。

这套作家出版社版的文学丛书，体现着一种对澳门文学的尊重、珍视和爱护，必将极大地鼓舞和推动澳门文学的发展。就小城而言，这是她回归祖国之后，文学收获的第一次较全面的总结和较集中的展示；从全国来看，这又是一个观赏的橱窗，内地写作人和读者可由此了解、认识澳门文学，澳门写作人也可以在更广远的时空里，听取物议，汲取营养，提高自信力和创造力。真应该感谢“澳门文学丛书”的策划者、编辑者和出版者，他们为澳门文学乃至中国文学建设，做了一件十分有意义的事。

是为序。

2014.6.6

# 目　录
CONTENTS

# 白银

邱社根迎着松山吹袭过来的秋风，从“好景楼”匆匆走回刨鸡街一间唐楼三楼。大门刚打开，一阵饭香混着咸鱼蒸肉饼气味袭来。他忍不住咽下一口口涎，顿时感到饥火上升，向厨房问道：“秀芝，开得饭未？”

“阴功，饿坏我老公了。”从厨房中闪出来的是瘦骨姗姗的妻子秀芝，娟秀的脸上挂着一丝苦笑，“去看医生回来晚了，唔好嬲呀吓。”

“傻女，有乜好嬲？贫贱夫妻百事哀，何况在战时，有啖饭入口，已算够幸运。”邱社根帮手把晚饭很快便开出来，“医生点讲？”

杜秀芝一脸愁容，有一下没一下地扒饭：“消息不好，是肺痨（肺结核），呢勾死定了。”

“真系咁严重？”邱社根立即无心饮食，“阿芝你咪吓我。”

“吓你做乜？死就死啦，有乜好怕。人在战时，不死于疾病，亦死于炮火。苏医生说：肺痨冇得医，系人都知，但战前德国发明一种特效药，鬼佬名我讲唔出，本澳只有一个德国医生端纳在战前入了一批药。现在欧洲打仗打到乱晒坑，药厂亦已炸毁，再无来货可入。端纳这批药吊起来卖，欢喜就卖，唔欢喜就父子冇亲……”

邱社根把话截住：“未先，何谓父子冇亲？银纸都冇亲？”

杜秀芝苦笑道：“银纸的确冇亲，但银子就有亲，端纳认为世界大战，银纸随时变成冥纸，银子最可靠。拿银子来就给药，冇银子冇得倾。真系俾佢激死。”

“何谓银子？双毫（银毫）还是银元宝？还是鹰洋（墨西哥银币）？还是袁大头（袁世凯时代银币）？”邱社根问得很详细。

“都得，总之是白银而不是铜银（混入铜质之伪银币）。”杜秀芝没好气。

邱社根沉吟一会儿，慢慢说：“果然如此，或者有得谂。”

杜秀芝被丈夫弄糊涂了：“莫非你近来学了茅山术，懂得五鬼运财？”

“当然不是依靠茅山术，你忘了你老公是珠三角神枪手单眼英的儿子吗？”

× × × ×

珠三角的古兜山，横亘新会、台山两县，上世纪二三十年代，一批悍匪盘踞山上，为患乡里，匪首为陈祝三、邱明阶和单眼英（女）三人，其中单眼英枪法奇准，驰誉江湖。澳门一位小童麦社根十岁时，跟随亲人由澳返台城省亲，中途被匪徒劫掳当肉票，索取赎金，他的亲人筹不出赎金，陈祝三本拟“撕票”（杀死肉票）。邱明阶和单眼英这对夫妇并无儿女，见麦社根聪明活泼，不忍下手，收为儿子，一面亲自教授枪法，一面礼聘名师教授国文，把他改为“邱”姓。后来，广东省政府（陈济棠主政）派梁公福团长招抚古兜山诸贼，陈祝三主张受抚，单眼英深知政客之言不可信，虽极力反对，但毕竟首领是陈祝三，勉强顺从。为防绝后，先把儿子邱社根送到澳门一家卖塘鱼为业的亲戚家中寄养。不久，梁公福果然杀降，以改编为名，把诸贼骗上花尾大渡，一网成擒，全部扑杀，血染珠江。只余邱社根为漏网之鱼，隐居在澳门红街市卖鱼为生。

1942年秋天一个清晨，红街市挤满了买餸的人。邱社根正埋头做生意，一抬头发现一个中年男子，站在一旁，目不转睛望着自己。他有点奇怪，问他要买点什么鱼，那人答非所问道:“社根，你还认得我吗？”

“你如何识我名字？”邱社根百思不得其解，“你是谁？”

那人微笑道:“有一回，你母亲携你到顺德马村和我们大哥马济商量一单买卖，你在马大哥与众兄弟面前表演神射绝技，你用右手勾左轮打完六粒子弹，再用左手连射六枪，打下十二只飞动的禾雀，惊人的是只只都是头部中弹。众兄弟口服心服，叹为神射。我怎会忘记你名字？”

邱社根淡淡一笑:“小孩子时代的把戏，谈来做甚，我现在叫卖鱼根。”

那人说:“我要见的是单眼英的儿子，不管他是什么根。我名钟卓，在青草街好景楼等你，收档后我们摸吓酒杯底。”

× × × ×

两碟花生，一壶双蒸，把钟卓和邱社根拉回十年前。

“我们现在是抗日游击队，为了要劫夺‘海刚丸’，不得不借重老兄。”钟卓用低到只有对方能听到的声音说，“‘海刚丸’炮楼上军曹机关枪手萝卜头据说是神枪手，弹无虚发，他一发现情况有异就会勾鸡（枪掣）开枪。我方必须在他勾鸡之前，一枪把他造瓜，攞佢狗命。这一枪必须百发百中，不能靠撞彩。除了老兄，谁敢拍心口？你就算帮帮从前的江湖兄弟好了。”

“讲起从前就火滚，丢那星，杀降不祥，古已有云。”邱社根气得头上青筋毕现，“我父母惨死机关枪下，仇深似海。梁公福个仆街，讲明既已招抚，过往不究，点能说话唔算数，我不报亲仇，不附日做汉奸，已算海量汪涵了。如今要我替国民政府卖命，老虎都冇得倾。”他一拳捶在茶台上，“砰”一声把钟卓吓一惊。

“从前是西南政府陈济棠，杀你父母的梁公福，已不在位了。”钟卓按住他的拳头，“杀降是私人恩怨，如今是民族存亡。”钟卓诚挚地说：“国亡了，你虽是澳门人，亦是亡国奴。你是血性男儿，怎能甘心当亡国奴？国家是我们的，不是梁公福的。老兄请息下雷霆之怒。”

“我有份开枪，得手后占几多成？”

“你话点就点，成败只靠你一枪，谁敢和你讨价还价？”

邱社根沉吟了一会儿说：“让我回家和内人商量一下，明天再倾好不好？”

“好，希望嫂夫人深明大义，明天伫候佳音。”

晚饭后，邱社根把一切告诉妻子，杜秀芝坦然说：“肺痨是会传人的，你回内地最好，我就不会把肺痨菌传给你。你我日夜相对，我实在担心害了你。”

邱社根黯然说：“我怎能在你病中放下你，我此去一是为了协助江湖兄弟，二是希望‘海刚丸’上载有白银，劫来给你买药，希望医好你的病。”

杜秀芝倒在丈夫怀中，深深地感到丈夫对自己的疼惜，不惜甘冒生命危险，抢劫白银换取特效药。她轻轻叹息说：“社根，你不要待我太好，令我舍不得死，令我死得更痛苦。唉！我只是六国茶楼一名女招待，蒙你不嫌我是残花败柳之身，娶为妻房，朝夕缠绵，我正担心把病菌传给你，教我更难过。”

邱社根把玉容瘦损的妻子紧紧地拥在怀中说：“我一定把白银劫过来，换取特效药。‘雷峰塔’剧中的白蛇，为了救丈夫许仙，尚敢盗药，我邱某人七尺男儿，连白蛇都不如？母亲泉下也会骂我系衰仔，我不能在老婆面前做衰人。”

杜秀芝忧形于色说：“打劫日军军械和财物，等如虎口夺食，担心死我了。我宁愿病死，不愿你死在日军枪下。”

“荒谬！没有你，我活在人间有什么意思？我是一个贼仔，娶你为妻，犹如卖油郎独占花魁，不知恨死多少有钱佬。我是大贼婆单眼英亲授的唯一传人，如果输给萝卜头，落到黄泉也没有面目见她，把她的脸丢光了。呢一仗我输唔起，几大就几大，烧卖就烧卖（我豁出去了）。我想看看被打死的是我还是萝卜头。”

在杜秀芝低沉的叹息声中，邱社根已作出决定。

三天后，邱社根随钟卓到顺德，向游击队队长苏恭说：“我是贼仔，贼性难改。如果失手死在萝卜头枪下，死而无悔。如果得手，乜都不要，只要白银医老婆。”

苏恭是个爽直的人，一诺无辞说：“冇问题，船是你劫的，你要乜都得。你母枪法驰誉珠三角，单眼英儿子，怎会输给日本仔？不准提个死字。”

他只用几天的时间，把荒废了多年的枪法练回，自信当年射杀禾雀的身手尚在，宝刀未老。便化装易服，乘搭“海刚丸”踬线（江湖切口，亲自测探作案场地，亦称“搭平”）他才弄清楚：日军占领广州后，珠三角赖以在水乡运输的航运几乎瘫痪。接着，日军更占领江门，在江门驻了重兵。江门军需物品需由广州供应，陆路运输常遭游击队袭击，便把一艘浅水艇改装为客轮，易名“海刚丸”，除了运输军需，兼营客货运。此外，汪精卫政权发行“储备券”，取代国民政府银毫、大洋等。日人对白银情有独钟，因为某些武器需用白银，而且，用白银购买德、意等国武器，更受欢迎。最近，攻占香港后，取得大量银毫，分批运至江门转到广州湾（湛江，原为法国军港，太平洋战争爆发后，为日占据）出海往日，所以，“海刚丸”上有大量银毫。

邱社根仔细观察，认为晚餐时分下手最好。回到马村和钟卓、苏恭等设谋，先由江门以木桶运送塘鱼至广州出售，木桶底为双格，格外有隐蔽枢纽，一旋即开，空格中藏短枪、子弹。回程由广州返江门，途经西海河面下手。游击队在西海附近河滨预备接应，劫船者得手后，即响枪一、三、五发为号。

一个春雾漫漫的早上，邱社根和七名游击队队员化装在广州西濠口登船。码头检查很严，邱社根腰缠乡下人常用的绉纱带，带内藏有软薄匕首一把。匕首藏得很好，外面看不出来。身穿半旧黑胶绸短打，衣服沾满鱼鳞，鱼腥熏人欲呕。口角叼着一支生切针唛（土制手卷烟），肩上担杆挑着两个腥臭的空鱼桶。码头守兵一见就挥手叫他赶快上船，船上稽查员把他推到厨房侧角，安放鱼桶。他就把鱼桶倒竖，垫高双腿坐在桶上，一面抽烟，一面唱南音“凉风有信，秋月无边”。

早上10时，“海刚丸”启行，风平浪静，很快便到容奇。容奇是顺德商业重镇，水道四通八达，日本人在容奇驻有重兵。“海刚丸”卸下军需，继续航行，接近西海出口，船上炮楼放出几只军鸽，这些军鸽自会飞回广州，报告平安。

时近下午，邱社根见厨房开始造饭。因为船上日军护航队员有二十多人，他们早上10时吃过早饭，现在已是饥肠辘辘。厨房忙了半天，饭菜都做好了，放在四个手提木桶里，由两个穿船上职员制服的侍役提到通往炮楼的楼梯，卫兵开启铁闸把饭菜传上去。邱社根扭开鱼桶暗格，一声暗号，七个游击队队员立即拿枪扑出。他把腰间匕首拔出，指向侍役。侍役望见闪闪生光的利刃，吓得呆了，任由游击队队员剥下制服，捆绑双手，用破布塞口。一个佩左轮的稽查员闻声赶过来，邱社根敏捷地用铁似的左手手肘封住他的咽喉，右手持刃向他咽喉一抹，鲜血直冒。邱社根迅速把他的左轮和弹带夺去，随着饭菜走向闸门。闸门卫兵伸手来接，被游击队队员迅速夺去长枪。其余军人因准备进餐，都把枪撂在餐室，措手不及，猝不及防。炮楼上的军曹闻有异声，迅速占进机关枪位。这时候，邱社根知道此行的要务来了，使出快枪绝技。日本军曹的食指尚未碰到机关枪掣，邱社根的枪弹已经射出，一道鲜血夹着脑浆向前直冒。

邱社根不肯浪费十分之一秒的时间，连续开枪射击，飞也似的扑上炮楼，把轻机枪抓在手中，向日军勾掣密射。游击队同伴简直不敢相信自己的眼睛，同声赞叹：“真不愧是单眼英的儿子！”

邱社根把炮楼上所有活着的人杀光后，纵声狂笑道：“母亲，你的儿子没有让你丢脸吧！”然后，想起事前约定得手后的信号，举起机关枪向河岸发射：“砰！砰砰砰！砰砰砰砰砰！”

其余游击队队员把“海刚丸”全部控制，驶靠河岸。钟卓和苏恭登上船来，拥抱着邱社根说：“单眼英复活了，真不愧是神射世家。”

此时邱社根回复原态，谦虚地说：“托父母之灵庇佑，没有丢架。”苏恭命人撬开船上保险柜，金条、金砖、首饰、美金、英镑、法郎，堆得满满的。邱社根一概不要，只拿走一卷一卷的双毫（双毫为纯银所制，一卷为十元），和一支纯银所制的灵芝，放进空鱼桶中，一支担挑上肩，笑向一众游击队队员说：“回澳门救老婆性命要紧，我们后会有期。”

× × × ×

黄昏时候，邱社根把鱼桶挑到附近一个小镇。饥寒交迫，正要找个地方吃饭，忽然间，东风吹来一阵阵粪臭。抬头一看，原来是一条粪船，连忙走过去，见粪船上父子二人正在吃饭，问道：“你们粪船往何处去？”

“我们要到三灶岛，吃完饭就开船。”

“啱哂，我也要到三灶，顺水搭船，计几多钱？”

“计乜呀，出门人大家方便，你不嫌太臭就上船，不嫌邋遢就吃饭，几时见面送条鱼兑数算了。”

邱社根次日抵达三灶岛，谢了粪船主人，正思量如何由三灶岛偷渡到澳门，恰见河岸上一箩一箩摆满了黄花鱼，花钱买下两箩，把鱼覆盖在白银上，雇了一艘小渔船，乘着东风，慢慢驶到澳门。由沙梨头码头登岸，挑着两箩黄花鱼，往红街市方向走去。远方一个腰肢纤瘦的影子在前方晃动，像极了自己的妻子杜秀芝。起初尚以为眼花，越走近越分明，真是她呀！

“师奶，买黄花鱼呀，好靓新鲜黄花鱼。”

“这声音好熟。”杜秀芝怀疑在做梦，“难道是我老公？”

“你老公饿坏了，煮味黄花喂饱佢都得呱。”

她蓦地回首一看，卖鱼人原来就是梦中人，“哎呀，乜真系我老公嗬。衰鬼，点解唔早点通知我。”憔悴的瘦脸绽出幸福的酒窝：“观音大士真系救苦救难……”

邱社根笑嘻嘻：“你老公成个生勾勾，冇人打得死佢。你去街市买鸡还神，待我把鲜鱼卖给行家，转头找端纳医生……”

三个月后，接受特效药治疗的杜秀芝，病情渐渐好转，瘦削的脸蛋开始丰满，纤如弱柳的腰肢也变得粗壮，恢复当年在十月初五街六国茶楼当女招待时的风姿。邱社根庆幸妻子逐渐康复，感恩“海刚丸”替他带来白银。“海刚丸”被劫的消息在报纸上喧闹过好一会儿，日本人查不出那个身手敏捷的神枪手是谁，只好不了了之。然而，每次想起和他并肩作战的同伴，邱社根都有返回马村叙旧的冲动。

10 月一个清晨，他独自一人在好景楼叹早茶看报纸，忽然，一个华人和一个葡人坐到他的茶台。他心知事非寻常，正要离开，那华人示意他坐下，说：“邱先生，我是黄公杰，你们都知我是汉奸……”他向那葡人一指：“他是副探长……”

邱社根镇定地说：“我是卖鱼根，两位有何见教？”

“关于‘海刚丸’事件，请问邱生，听到一点线索吗？”黄公杰低声问。

“我是卖鱼佬，你如问我鲩鱼尾几钱斤，鳙鱼头乜价，我就知，至于海刚丸是甚么东东芫茜葱，一概不知。”邱社根一脸茫然。

“邱生真会扮猪食老虎，当我黄公杰系傻仔。”黄公杰有点怒意，“单眼英的儿子，不只枪法高明，做戏亦演技超群。不过，我此来是一番好意，邱生请勿将人心当狗肺为盼。”

邱社根知道瞒不过去，冷笑道：“看来黄生来想替萝卜头报仇，请问你是否将黄公杰的大名改为梁公福？”

那个坐在一旁缄默不言的副探长开始开金口：“邱生误会了，在中日战争中，葡国坚守中立，我地不敢开罪日本，亦不能偏帮中国。‘海刚丸’事件，日方已查到是你杰作，向我地交涉，要我地交人，软硬兼施，使我方穷于应付。我地不想将邱生交给日方，只想请邱生离开澳门，便万事大吉。”

黄公杰说：“如果任由日方入境捉人，葡方太冇面了，只希望邱生体谅当局难处便算。”

邱社根沉吟一会儿道：“内子正由端纳医生医治中，半途而废，一定送命。我邱某人贱命一条，死何足惜，不如将我交给日方，准许内子在澳继续医治，如何？”

副探长闻言，肃然起敬，低声说道：“邱生不愧是单眼英之子，深明江湖义气，令人敬佩。我副探长亦是江湖人物，你敬我一尺，我敬你一丈，一言为定，邱太继续在澳养病，谁都不许碰她一条头发。谁欺负她，我要他的命。邱生，明天你从水路返内地，我们给你一条小渔船。你对十字门水域情况最熟，相信很快便能找到游击队容身地。此事只许我们三人知道，多一个人晓得，我就冇命。你到了自由区，然后写信给邱太。我们只对日方诿称你闻风逃逸无踪，谅他们也奈何我们不得。”

邱社根站起来，只说：“君子一言，多承照料，胜利之日，即是相见之期。”下楼而去。

1945 年 8 月 15 日，日本宣布接受《开罗宣言》和《波茨坦公告》，向中、美、英、苏四国投降。澳门锣鼓喧天，欢声雷动。杜秀芝放下黏火柴盒的工作，走到观音堂，她把治病余下的一支银灵芝送给庙里作香油，跪在观音大士之前，泪如雨下。一条熟识的人影闪入眼帘，迅速把她紧紧地抱住。

没有言语，只有眼泪。

2015 年 7 月 29 日

# 冰钓

冬季日短，时间还是下午3时，已是暮色苍茫了。

方文驾驶着他那辆福特四驱车向北飞驰。他应该在黄昏前到达鲟鱼湖。担心到得太晚，汽车旅店房间已经让给他人，更担心冰钓屋被人捷足先登。不过，他对旅店主人罗伯的承诺很有信心，许多年来，他们已经成为朋友，互相信任，他不是那种见钱眼开的人。想到此点，他便把车慢下来，以免在新春日子遭警察抄牌，又要破财。这个世界，金钱还是好东西，少了金钱，交女友就难了。幸好天气不算太坏，铅色的天空虽是阴沉沉的，鹅毛大小的雪花不断在飘着，但北风颇劲，都把雪花刮到路肩，公路上积雪不厚，车辆走得很安定。斜阳影里，车子停在鲟鱼湖畔的“鲟鱼湖度假公司”办公室门前。

罗伯笑容满面迎上来，一面吩咐工人把行李搬进二楼套房，一面拍着方文的肩膀笑说：“我以为今年中国新年你会带个中国新娘向我示威。”

方文淡淡一笑道：“中国新娘？中国新娘不是免费品。可惜你的朋友穷得只靠养老金过活，不是她们眼中的对象。”他从行李中拿出一个旅行袋说：“这三樽红牌威士忌，就是我的新娘，今晚她陪我守岁。”

二人各自登车，循湖岸缺口向一片白茫茫的湖心驰去。通往度假冰钓小屋的路，积雪不多，那条冰路是罗伯生财之道，所以打扫得比较干净。二十分钟后，车抵罗伯给方文留下的冰钓屋。方文手携旅行袋，熟练地走进小屋去。

鲟鱼湖距离多伦多市二百多英里。据印第安人说，这个面积接近百里的大湖，从前盛产鲟鱼，有时可以钓到百多磅重的大鲟鱼。市场上价高物稀的鱼子酱，便是大鲟鱼的鱼卵所制。白人知道鲟鱼价重，竭泽而渔，把鲟鱼捕得几乎绝了种。如今，鲟鱼湖徒负虚名，鲟鱼已不易见。湖的北部，属于印第安人的专有区，只许印第安人捕捉鲟鱼。鲟鱼是一种非常美味的湖鱼，价格比白鱼、鳟鱼、碧古等湖鱼高出几倍。捕捉鲟鱼是土著的特权，非印第安人，不易吃到。方文虽然居住加国数十年，但只知其名，从未一尝。

方文居加数十年，每年的春节，都在冰钓屋度过。加拿大每一个省，都有很多湖泊，安大略省更多，湖泊的数量，谁都说不准。由于美国工业污染严重，靠近美国的南方湖泊，都有不同程度的污染，湖中所产的鱼类，难免含有一点水银，人们多不敢食。鲟鱼湖位置较北，水产安全可食。加拿大接近北极，天气极为寒冷，每年过了圣诞节，安大略省即已进入严冬。在摄氏零下数十度严寒天气下，湖泊都结成数以呎计的厚厚的冰，不只人兽可以行走，几吨重的大汽车，横冲直撞，都没有问题。位居湖滨的人，都到湖中冰上开冰洞钓鱼。但是，在摄氏零下十多度的天气下痴候湖鱼上钩，不是每一个人都能挨得起。于是，湖滨汽车旅店，便在湖心冰上，以绝缘防寒的建筑材料，建起一间间的可以用拖拉机拖动的小屋，屋后安装一个以天然气为燃料的暖气机，使小屋保持零度以上的温度。小屋中央，以电锯锯开一个三呎乘二呎的冰洞，洞旁围以木栏杆，防止钓鱼人掉到湖中去。旁边放着几张塑料椅子，钓者可以坐着享受钓鱼之乐。小屋中有一张桌子，上面放着一个以天然气为燃料的火炉和一盏露营灯。

方文疲惫地坐到椅上，吃了几片夹肉麹包，喝了半杯威士忌，精神稍感好转，喃喃自语："这就是我今年的年夜饭了。于凰，如果你仍然在世，一定不会让我啃麹包当年夜饭吧。"他哀伤地摇摇头。"你倒好，一走了之，把我掼在这个冷酷的人世，生有何欢？存有何补？"他从屋角找到一支钓竿，放上胶水桶中活水养着的小鱼作饵，把鱼钩放下到冰洞湖水中，痴痴地等待湖鱼上钩。

灯光掩映下，湖水如同一面镜子，往事一点一点地显现出来：三十年前，他从澳门跑到加拿大，在邮政局工作。邮局中，华人很多，有男有女，大家都是来自珠江三角洲，言语习俗相同，周末常常相约一同到鲟鱼湖去钓鱼，方文就在集体钓鱼时认识了他的妻子于凰。于凰其时约三十岁，已离婚。那次一同去钓鱼，大家各带食物，于凰带的是羊肉薄饼。珠江三角洲人大多吃不来羊肉，受不了那股羊骚味。方文偏是个羊痴，吃得很起劲。于凰好奇地问他："人人都讨厌羊骚，你反常。"方文望着她那如同百合花刚开的笑容说："吃羊肉就是爱那股骚劲，怕骚不如吃猪肉。"于凰说："你太太一定有狐臭，有人说：爱吃羊肉的人，一定受得了狐臭。"方文说："我已没有太太。如果我欢喜一个女人，我一定连带欢喜她的狐臭。"六个月后，方文与于凰结婚，他们的蜜月，就在鲟鱼湖的冰钓小屋度过，时间正好是中国新年。以后，每年的春节，只要人在加拿大，他们都到冰钓小屋过年。

三十年过去了。于凰六十岁，有了肺癌，发现时已是晚期。她临终时执着方文的手说："我很幸运，第一次婚姻失败后，选择了你。这三十年，我过得很开心，我没有白来人间这一趟。可惜，应了俗语，恩爱夫妻不到头，我要走了。"方文含泪说："死亡是迟早会来的事，你早走一步，我是个有心脏病的人，相信很快就轮到我了。”

于凰点点头说：“为了这事，我还有话要说。我走后，你一定要赶快再婚，找一个善于体贴的人，好好地照顾你，千万不要担心我不高兴而把余年糟蹋在独身中。只要你好好地活下去，我在哪里都放心。你是个好人，下辈子如果我仍是女人，一定还要嫁给你。”话刚说完，于凰便走了。

然而，于凰死了三年，方文依然是个鳏夫。他已到六十五岁，退休家居。很多朋友热心替他介绍女朋友，可是，她们一开口问：你会给我多少钱“揸手”？方文一语不发，掉头而去。以后，方文懒得再听朋友邀去“相睇”的电话，虽然他胸疼的次数越来越频。

他望着那一泓湖水，喃喃自语道：“于凰，你在那边寂寞吗？我来陪你好不好？我在这边快要闷死了。”

其实方文并不闷，他独自居住在多伦多市外一角小楼，自炊自浣，聘用一个钟点女佣打扫，看看书，写写文章，闲来开车到山水佳处逛逛。每天早上散步一小时，这是遵从他的家庭医生林比蒂的吩咐。

林比蒂本来是于凰的女家庭医生，往日方文常常陪于凰去看林比蒂，她渐渐也成为方文的家庭医生。于凰新丧时，方文差点承受不了，精神很颓丧，林医生常常打电话安慰他，劝他节哀顺变，不要过于伤心。由于方文常常不依时服食心脏药，所以林比蒂每星期必须去看他一次。她是个干干瘦瘦的六十多岁的独身女人，丈夫英年早丧，她在唐人街行医数十年，脾气好，医德好，成为华人社会中的名人。她在年青时有过“唐人街美人”之誉，现在美人迟暮，变得憔悴干瘦，只有一头银发，依然令人注目。于凰在家疗养时，林比蒂星期日有空便开车到方文的小楼去探看于凰。她们已由医生与病人之间的友谊而成为闺中密友。林比蒂有时进入方文的书房，发现方文的藏书之多，可以比得上一个小型图书馆，惊讶地说：“你不是邮政工人，而是一个文人。”方文苦笑说：“做一个工人，饭碗比文人有保障。我和于凰的工资收入，都花在这些书上了。”林比蒂摇摇头说：“这是什么世界？送递书籍的人，比写作书籍的人有饭吃。”

方文想到林比蒂时，鱼竿动了。他把鱼丝拉起，上钩的是一条中型彩虹鳟，在灯影下挣扎。方文把它脱了钩，养在盛饵的胶水桶中，换上新饵，再度下钩，说：“运气还不算太坏。”

于凰死后，林比蒂仍会到方文家中去看他，替他量血压，听心脏，劝他依时服药。他非常感激她的殷勤周到，心想：于凰的遗爱，我今生大概消受不尽了。林比蒂一次到方文家居书房中，问他：“找到合意的人没有？早早续弦，免得我常常奔走。”方文笑道：“我如果续弦，你就不来看我？”林比蒂一脸正经说：“你不怕新太太吃醋？”方文试探说：“为了要见你，我宁愿不续弦了。”林比蒂嫣然一笑：“于凰一死，你就变得口花花，连医生都敢调戏，你忘了我是你的医生？”方文说：“医生也是人，也要有朋友，你认为我不配做你的朋友？”林比蒂伸手掠一掠银发，把笑容收回：“我没有这样的想法，朋友可不许调戏。”方文伸手执着林比蒂的手轻声说：“我正等候你当我的续弦人。”他正预料她的巴掌会掴到脸上来。

然而，没有。林比蒂没有掴他，轻轻挣脱他的手。她那已有不少皱纹的脸，一本正经地说：“难道你不晓得法律不容许医生与病人之间有爱情吗？违反纪律，我会遭除牌。”方文说：“难道你为了行医，永不再婚？”

林比蒂不再说话，告辞下楼。方文也不言语，送她登车。门外北风凄紧，黄叶纷飞。他心中的绞痛又发作了，他从口袋中拿出舒缓剂，向舌底一喷。

从此，他不再到她的医务所看病（加拿大容许病人有两个医生），只是他上于凰的坟次数更多了。坟场积雪越来越厚，他每次都担心自己会滑倒。

圣诞节来临，他给林比蒂寄了一张圣诞卡，她没有回寄。圣诞前平安夜，她拨电话给他：“到我家吃火鸡。”方文婉拒说：“不要为我烦心。我家也烤了火鸡。”

林比蒂在电话那端轻声笑道：“吃火鸡无妨，但不许喝酒超过一杯。春节有什么打算？”他说：“还是老地方，到鲟鱼湖冰钓。”林比蒂说：“冰钓太冷了，我是老人家，挨不得冷。祝你满载而归。”林方文说：“一定，一定，我一定会。”

回忆到这里，屋外有拍门声。方文起身开门，进来的是一个印第安人，手中拎着一大块鱼，说：“有酒吗？跟我换一支酒，可以吗？刚好从冰下捕到的大鲟鱼。”土著捕捞鲟鱼，不受限制。“捕鲟换酒，风雅事也，何忍拒之？”他忽而自嘲自语，变得风雅起来。

“OK。”方文从未吃过鲟鱼，正想一尝。看似鱼腹中有鱼卵，他拿出一支红牌约翰走路给他，把鱼段接过来。自语道：“明天春节，正好一膏馋吻。哈，运气不坏。”把印第安人送出门外，继续钓鱼，可惜上钩的尽是小梭子鱼，卵多而肥，以油炸之，颇堪下酒。

“于凰，你别怪我不听你嘱咐，不肯爱惜身体，我如今是生有何欢，死有何憾。活一天算一天，早点到你身边有什么不好？”方文又倒一杯威士忌，一口喝干，重重地把杯子一放。他看看腕表，正是子夜12时。

有一年，他携于凰回澳门度岁，二人在旅店点着红烛守岁。子时刚到，爆竹声排山倒海而来，二人各倒了一大杯干邑，一饮而尽，相拥登床……

“于凰，你还记得起那个温馨旖旎的除夕么？”方文自言自语，“我们要再世为人，才能重温旧梦了。”他摇一摇头，让泪水滴落到湖水中。鱼丝忽动，他拉起一看，是一条颇大的白鱼。他拭去泪水，替白鱼脱钩。“澳门此刻的爆竹声，一定震耳欲聋了。你那里听得到吗？”

冰钓屋外，刮起寒风，把屋檐吹得呼呼作响，偶尔夹杂冰裂之声。置身在这个北国大湖的冰上，哪有爆竹声？哪有于凰的回应？子时已过，他不用再守岁了，昏昏欲睡。忽而，小屋外传来汽车号角声。

方文推开椅子站起来，把门一开。雪花飞舞中，站着两个人，高大的是罗伯，他吼声说：“方文，你骗我，你说没有中国新娘。你看，她不是你的中国新娘是什么？”这几句话把方文的醉意唤醒了。

“罗伯，你说的是什么醉话？什么中国新娘？难道我喝酒，你却醉了？”

“方文，不要骂人！”林比蒂的声音响起，“你看看，我就是你的中国新娘。你这个负心郎，你确定不认我是你的新娘了吗？”说话的是站在罗伯旁侧矮一个头的人，原来就是林医生！她，她如何会在大年初一凌晨，出现在鲟鱼湖冰上？

方文惊喜交集，还来不及反应，罗伯已高声说：“好了，新娘有了，新郎也有了，以后是你们的事，我要走了。”言罢，转身上车，车后扬起一团雪花。

一见罗伯去远，林比蒂飞身奔向方文，把他紧紧抱住。她拉开包紧面部的羊毛颈巾，露出嫣红的嘴唇，仰起头来，喷出炽热的呼气。方文也把她抱紧，吻她的嘴唇，问她：“你怎能找到这地方来？”

林比蒂喘着气说:“圣诞节你不是告诉我,你会到老地方度春节吗?我拨电话到‘鲟鱼湖度假村’知道你已到达,同时知道有一架小飞机乘载一个滑雪团到鲟鱼湖,尚有一个空位,我立即赶到机场,飞抵鲟鱼湖机场,通知罗伯我就是方文的新娘林医生。罗伯听了笑出声来,他说,方文告诉他没有中国新娘。我说我是加籍中国新娘,如假包换的林医生,他才肯载我来找你。唉!我奔波劳碌,总是为了要嫁你,你刚才竟然说我不是你的新娘,你这个无情汉子……”说着说着,泪水在脸上淌下来。她两手握拳,轻轻擂向方文胸部。

方文用衣袖轻轻替林比蒂拭泪,说:“你不担心遭除牌?”

“除牌无非变作穷人,钱有什么了不起?我失婚数十年,从未动过心。那天从你书房回家,一直提心吊胆,生怕失去你,难怪于凰说下一辈子还要嫁你。”她用力吸气,把一头银发放在方文肩头,懒洋洋的,显得疲惫不堪。

“在书房中,我要求你做我续弦人时,你因何一言不发?”

“于凰生前也偷偷要求过我,我总是拿不定主意。我总算是个医生,社会地位使我放不下面子。”林比蒂双手掩脸,转过身来,全身倒倚在方文怀中。

方文嗅着林比蒂头上银发漾出的幽幽发香:“我就因你拿不定主意,决心放弃你,也不再想令你心烦。我是个依靠养老金过活的人,怎能要你放弃日进斗金的职业和地位?”

“你不知在那段日子中,我心中有多难过。我是度日如年啊!我不想失去你。平安夜你不肯来我家吃火鸡,我赌气没有吃晚饭,独自一人到礼拜堂参加子夜弥撒。弥撒后我去忏悔,跪在地上时,我泪如雨下,泪雨使我心灵澄澈,我想透了。我要做一个可以爱人也可以被人爱的女人,谁都不能禁阻我。回家我饿了一夜,次日,我向医生会要求除牌,立即把医务所关闭，把病人病历和档案转赠同业。我不再做医生，总可以爱你吧？”

“我以后不再呼你为林医生了。”方文轻轻抚摸着她的银发。

“你可以呼我阿狗阿猫，不许呼林医生。林医生死了，倚在你身旁的是你的比蒂。”

方文把她转过身来，用力吻她的红唇。林比蒂幽幽地说：“我好累，想睡一觉，但不想睡在冰上，我已是老人家，挨不起冻。”

方文把露营灯关熄，搀扶林比蒂登上停在门外的四驱车，轻声说：“让我们到汽车旅店的洞房中去，开始我们第二春的蜜月吧。”

# 长夜

罗天驾驶着他那辆老爷四驱小货车从美国水牛城跨上彩虹桥，准备通过美国海关，趁着尚未日落，回到他那位于尼亚加拉河畔的养鸡农场。

前面是一条长长的车龙，蠕蠕前进，进展很慢。肚子饿了，他后悔没有在水牛城吃晚饭，如今，只好忍着肚饿，耐着性子，排队等候过关。

南加拿大十二月，雪季开始多时，何况水牛城有雪城（SNOWCITY）绰号。猛烈的西北风中，卷着一团团的雪花，使车子的挡风窗很快就积了一层雪片。不过，他车中暖气开得很劲，使雪片迅速融化。车厢温暖如春，他奔走了大半天，身心俱疲，昏昏思睡，渐渐地，他睡着了。

他梦到农舍家中，妻子莉莉含笑拥抱他说："老爷，今天你回家晚了，吃不上晚饭了。"

他和莉莉结合廿年，没有儿女，恩爱异恒，互相以"老爷""夫人"相谑称呼。

他忘记她已不在人间："夫人，你该先吃晚饭，不必等我。男人饿一天，正好减肥，才配得起你这窈窕的身材。"

小梦正温馨，忽然"卜、卜、卜"有人叩打车窗，他蓦然惊醒。

"先生，你的证件。"一个牛高马大的美国边防人员站在他的车旁。原来前面车龙已经消失，他尚在梦中，只好掏出加拿大护照。

那人看过护照，再以手电往后座照射一番，向他提出警告:“水牛城有监犯逃出监狱，可能逃向加拿大方向，小心！他持有 K16 枪，是个极端危险人物，千万不要掉以轻心。”他点点头，驶过桥心，停在加拿大边防站旁。

“打开车子后舱，让我看看。”一个相识已久的加拿大女边防员露斯命令他，一面看过车舱，觉得无异，一面说:“情况不妙，雪城有人越狱，可能踏冰渡河，奔向美加边境。你的农场在河边，当心啊！美国越狱的奸杀犯不容小觑，你是个小老头，又是独身，又要照顾鸡舍，我有点放心不下啊。”

“露斯小姐，不必担心，我也有枪，我倒要看看谁胜得过谁。”罗天对她的话，认为过虑，不免以嬉皮笑脸态度处之。

“罗先生，你有枪又如何？”边防小姐冷笑，“你以为他是黄鼠狼，站着给你当枪靶？人家是积犯，持的又是 K16，雪城监狱守卫森严，还让他从眼皮下逃脱。你有多少年没有拿过枪？你有的只是单响猎枪，还敌不住人家一梭子弹。一不小心，把老命送给他，太不值得了。相识一场，我可没有兴趣到殡仪馆向你遗体行礼。”

他见露斯面色凝重，知道情势严峻，只好收起笑脸，打出道歉手势说:“对不起，露斯小姐，我不该胡说八道。我一定听从你的吩咐，小心门户，不敢掉以轻心。风冷雪寒，你也该早点下班，回到丈夫怀中去吧。”露斯含笑看他离开。

他加大油门，车子很快回到农场，到鸡舍巡视一周，再回到家中。忽见挂在墙壁上的单页日历红字大书“冬至”二字，方才记起冬节到了。身在异国，把故乡节令忘却，他摇摇头，念出白居易的诗:“邯郸驿里逢冬至，抱膝灯前影伴身。想得家中夜深坐，还应说着远行人。”故乡家里，还有一位老娘。自己浪迹天涯多年，她会记起我这个不肖子吗？想到这里，他不禁泪盈于睫。

他无精打采地打开冰箱，拿出一只腌好的光鸡，正要放进烤炉中，以烤鸡作晚饭。电话突然响起："是罗天吗？你有没有听警方广播：美国越狱奸杀犯跑到加拿大来？"

"伊莲，我当然知道。可是，这没有什么了不起，他不骚扰我，我不管他。他要是偷我的鸡，我就不会客气了。我也有枪，也会发射。"他轻描淡写地说。

电话那边的伊莲却轻松不起来，她焦急地说："罗天，你说得好轻松，那人有 K16 呀！我快给你气死了。"

他依然好整以暇说："世上有枪的人多得很，怕什么？K100 又如何，不见得 K100 就天下无敌。你已年纪不轻，奸杀犯未必就对你有兴趣。少担心，好好吃你的晚饭。"

"罗天，我要骂出声了，我快被你气死了，你一点都不关心我，枉莉莉在去世时把你托付给我，你真是个不知好歹的人。"伊莲提到莉莉，使他想起刚才梦中提醒他晚饭迟了。

他心中凄苦，暗叫："莉莉，自从你去后，我度过多少个无晚饭之夜。今天，又叫伊莲向我心上刺一刀。"他哽咽说："伊莲，拜托不要提到莉莉，你现在又向我心上凌迟。好！我不对，忘了关心你，我道歉。现在，你要我怎样做？"

伊莲接受他的道歉："好了，别再啰唆，我的晚饭已备，只等待你来。约翰逝世时的确遗下一支猎枪，我是个不懂开枪的人，有枪等于无枪。何况，那人凶悍异常，我一介女流，如何是他对手？你过来我家，我才安心。罗天，求求你，我的罗天，我现在急得如火烧心，亏你还慢吞吞的。"

罗天一诺无辞，拿起猎枪，扎上弹带，向伊莲农场进发。两家农场相距两哩，约翰是蛋农，罗天是鸡农，两人是狩猎拍档，两人的妻子是好友。两年前，约翰喝醉酒驾车，失事身亡，伊莲把蛋场租给别人，收租维生，仍然保有房屋自居。莉莉为了安慰好友丧夫之痛，常常到伊莲家中跟她谈笑解慰。这样的好日子过得不久，莉莉突然患上乳腺癌，病情很快就急转直下。莉莉临终前担心去世后，罗天无人照顾，要求伊莲做罗天的续弦太太。伊莲对罗天有好感，可是，罗天自从妻子死后，常有“曾经沧海难为水”的感叹，他认为伊莲是乌克兰人，与自己的华人血统，生活习惯颇有距离，所以，迟迟没有向她示意。如今，伊莲被逃犯吓得失掉三魂，他便不再怠慢，匆匆赶到她家。一路上，警察在每一个路口截停来往车辆，严密搜查，有点刁斗森严的气氛。

他把车子停泊在远离伊莲房子的隐蔽街角，以免被人发觉。毕竟，她是孀妇，门留陌生车子，会启人疑窦。走路到她家，伊莲从二楼窗子望见罗天持枪而至，愁怀尽放。那时，天已全黑，北风吹雪，农村人车绝迹，田野一望，一片白茫茫的天地，只有警车呼啸而过。

伊莲把他迎进餐室说：“来不及制基辅鸡卷款待你，我今晚的主菜是烤牛肋骨伴薯蓉。我的烹饪比不上莉莉，只好请你原谅。”她替他倒了一杯伏尔加白酒：“喝杯酒，壮壮你的胆子，可别喝醉，我的性命系在你身上。”她努起嘴巴向他微笑。

他举杯一饮而尽说：“你看我像个胆怯的人吗？一个毛贼，何须草木皆兵？不过，喝酒我不反对，风雪漫天，喝杯酒是好事。”伊莲的烤牛肋骨半熟，恰到好处，使他胃口大开，放口大嚼。吃毕，他放下刀叉说：“我要躲到屋外恭候逃犯，不然，我一支单响猎枪，怎能敌他的连发 K16？你就依照平日生活程序，该洗碗就洗碗，该洗澡就洗澡。不用怕，莉莉把你付托给我，我拚死也要保护你，有我就有你。”

伊莲拥抱他，吻他的脸颊：“小心啊，这世界上我只剩下你一人，你要是有什么闪失，我也不想活下去了。”

他脸色凝重点头：“中日战争时，我是军中狙击手，多少日军神枪手丧生在我狙击枪下，如今，我还怕谁？”说毕，持枪出门。

伊莲听过前夫约翰告诉她，罗天在狩猎时枪法神准，射野兔与猎野鹿时，只射头部，因为他不愿兔肉、鹿肉染有火药气味，影响食欲。故此，对他充满信心，不再为此事烦恼。

她把晚餐的碗碟洗妥，登上二楼，准备洗个澡。隐隐听到邻街警车驶过时发出警号，她知道这一带布满警察，不用对逃犯警戒。她拿着浴巾，把身上衣服卸下，正要走进浴室来个淋浴，不经意地向窗子一望，不禁惊呼：“噢！我的天！有人！”

一个黑得发亮的脸庞贴在窗子的玻璃上，一对溜溜作转的眼睛正盯着她的身体。她吓得把浴巾掉下：“罗天！有人偷窥！快来啊！”

罗天饭后出门，就躲在后园的工具室背部，蹲在一丛灌木附近。呼啸的警车声过后，一条持枪的黑影翻过灌木篱笆闪进后园。他不想在来人尚未犯罪时开枪，耐心等待那条黑影背着K16，沿着导雨管攀登上二楼，扶着窗沿，往灯光亮处张望。

“举起你的双手！”罗天蹲在雪堆后冷冷发声。

那人知道附近有人，倏地跃下，操着美国南部口音：“你是谁？”

“你别管我是谁，举手！我饶你一命。”

那人迅速把背着的枪转到手中，罗天的猎枪响了：“砰！”枪弹击中那人右手手腕，鲜血直冒。他痛得哀号，枪仍握在双手中，枪伤痛得令他无力举枪。

“你再不举手，我下一枪就射你胸膛！”

"别再开枪，我举手！天呀！好痛呀。"那人知道罗天再发枪就要他性命，连忙把枪掷到地上。

楼上的伊莲见玻璃窗外的黑脸消失，知道罗天不会放过他，立即拨电话给警方。其实，早在罗天开枪时，警方知道有情况，已向枪声响处赶来。

罗天站起来，持着猎枪踏雪走过去，把逃犯抛在地上的枪拾起。恰巧那时警察赶到，警察把手铐铐在那人手上。手铐碰到他的伤口，把他痛得在零下温度冷汗直冒。

于是，罗天扶着吓得双足发软的伊莲到警察局录取口供。

"罗先生，好精准的枪法，我们警察也自愧不如，哪里学来？"

罗天在瀑布区养鸡多年，为人低调，从来没有跟警方打过交道，说："这不算什么，我是杀日本人杀出枪法来。国破家亡之际，不开枪就亡国，最笨的人都会变成神枪手。不好意思，不该抢掉你们的立功机会。"警察不禁笑起来。警察见那逃犯捧着伤手不断呼痛，便把救伤车叫来，载往附近医院治疗。临上车，逃犯恨恨地向罗天瞪了一眼说："中国人，算你狠，祝你好运，有朝一日，你撞在我手中，我会给你好待遇。"

罗天不屑地一笑："我们中国人，干得出就不会怕，你以为我会让几句狠话吓倒？"

录罢口供，罗天陪伊莲开车回家。风依旧吹，雪依旧下，瀑布区解除戒严。在车上，伊莲把头偎在罗天肩上，嗲声说："罗天，你要我不用怕，对了。感谢你呀，经过这一役，证明你没有撒谎：有我就有你。长夜漫漫，你还回家么？"

罗天说："今夜是我们中国农历的冬至，长夜漫漫，你说得对，今夜是最长的一夜。"

伊莲的声音更嗲："如此漫漫长夜，你忍心让你的惊魂未定的伊莲，在冷冷清清的空屋子里，独自等待天明？”

罗天心旌摇动，一手掌握方向盘，一手执着她那冰冷的小手：“危机度过了，你该好好睡一觉。”

伊莲努起小嘴：“可是，那块玻璃窗上的黑脸，如今还在我的眼前晃动，教人如何入睡？难道你不能陪我度过这漫漫长夜吗？”

“好！我陪你度过我们中国人最长的一夜。”他把车子驶进车库，拾级登楼。外边凌厉的西北风，吹得二楼的落地趟门微微作响。伊莲脸上微泛羞红：“先前被那黑汉子一阵胡搅，我还没有淋浴呢！”

罗天微笑道：“一言惊醒梦中人，那黑汉子看过的好东西，我还没有看过呢，看来还是做个逃犯占便宜。”

“你坏！”伊莲的脸更红了，“可惜我是笃信东正教的虔诚信徒，身体不许让丈夫以外的人看到。约翰走了以后，我恪守教规，从来没有在公共泳池游泳。我的身体，必须等待再婚之夕，才可让再婚的丈夫看。”

罗天闻言，绮念顿消，正容说：“好的，我尊重你的教规。我们中国人，也有妻子死后心丧三年的旧习，现代虽已毁弃，但我对莉莉短期难以忘怀，这就是为何我迟迟不向你示爱的缘故，也要请你原谅。”

伊莲无限依恋，送他进入客房，说：“难得你肯等待，长夜虽然漫漫，经过这一役，我们的漫漫爱情之旅，总有结束的一夜。”

她替他卸掉冬靴和外衣，盖上毛毡，吻他的脸颊说：“好好梦莉莉，告诉她，伊莲已经找到与她生死与共、同度余生的男人。”

风依旧吹，雪依旧下，漫漫长夜，终于结束，冬日晨光，缓缓再临。

两年半后，一天，伊莲找到罗天，告诉他，前天，一位多伦多律师派人找到她，告诉她在乌克兰的祖父，年纪已近百岁，现在是大地主，拥有的土地价值近亿元美金，没有近亲，最近忆起二战期间，一位孙女移居加拿大，派人访查，她仍在世，便是伊莲。于是，委托律师找到伊莲，着她回到乌克兰故乡，照顾他的晚年。他已年老多病，不能迟延，必须立即回返故国。她看看罗天的心丧期很快就要过去，他们理应践诺结婚。是去是留，她连日绕室彷徨，不能作出决定。

那是一个加拿大初秋的晚上，二人在晚餐后她家中的后园阳台上，她无法隐藏心中的苦恼，向罗天倾诉。

罗天当机立断："伊莲，你必须回国，越快越好。"

"可是，那会耽误我们的婚期。而且，时日长短难以逆料，我怎舍得长期离开你？"

罗天说："今晚是我们中国人的七夕，也是我们的情人节。那是纪念一对情人不能团聚的故事。"

他把牛郎织女的故事，详尽地告诉伊莲。伊莲双眸含泪，听到一年一度一相逢时，无法控制自己的情绪，伏在罗天肩膀上，放声痛哭："不！罗天，我不要做织女！那不是我，我再说一声，我是伊莲，我要做人，不要做仙女，去他的神仙！"

罗天拥抱着她，拍拍她的背部。单薄的衬衣，他感到内面没有胸围："伊莲，我的好女人，我无意要你当织女。你祖父无儿无女，只有你一个亲人，你不能令他失望。我们已等了很长的时间，不妨再等。我们活在这个世界上，不能只顾自己，不顾别人。只要我们坚贞不渝，人间没有跨不过的银河。我国有一位词人，他说：两情若是久长时，又岂在朝朝暮暮？这两句话，可以传诵千古。”

伊莲哽咽良久，仰起头来，拉起罗天的衣袖拭泪说：“好！我听你的话，我去。但是，你必须答应我，我们虽然还不是夫妇，你不能再有另一个女人。罗天，你答应我，因为经过逃犯事件，你已成为这地方的英雄，多少女人对你垂涎。我渐渐老了，不能失去你。”

罗天说：“如果爱情是如此脆弱，要来干什么？我何须答应你？这是我作为一个男人的起码原则。”

她柔如无骨地偎在他身上：“我虽不是新娘，今晚却渴望享受被人抱着上床的滋味。”

望着脸色如霞的她，罗天呼吸短促，难以自控说：“我们等不及了，让我们放纵一个晚上吧。”

她也梦呓地说：“我也等得太久了。”

罗天把她抱起，一伸脚把园门踢闭，一步一步登楼，走到主房，把她放在床上，压在她身上，吻她炽热的红唇。她瘫软在床上，口干唇燥，气促使她胸脯起伏不已。她脱力地、懒洋洋地，说不出话来。

良久良久，她翻身起来，把房灯扭熄。房中漆黑一片，微弱的星光从窗外照来。她喘息着替他脱掉衣物，替他盖上薄被，然后自己脱衣。他在朦胧星光中看她卸装，米黄色墙上，映出她美丽的影子。她迅速地窜进被窝，羞笑出声：“我身材不够好，不想让你看，只能任你抚摩，希望你没有后悔爱上一片飞机场。”

“世上从来没有完美的胴体，只有完美的爱。”

她蜷缩到他怀中：“让我躲在你怀中一辈子，我将是世上最幸福的女人。我今夜提前让你占有，只望你想念我的好处，不再想别的女人。”

罗天叹一口气说："你待我已经够好了，还有谁？我既有莉莉，又有你，上帝对我太好了。"

加拿大初秋，虫声如沸，好风入户，让他们沉醉，天上的双星，从窗外窥看到一双重叠的影子。

次日，罗天载伊莲到机场。她进入安全检查站前，回转身来，低声说："此后挨受寂寞，难为你，耐心等我回来。"

他诚心诚意地说："昨晚，我领略过你的甜美，我已无法忘记你。无论生存或死亡，我都把灵魂贴在你身上。天荒地老，我一定等你回来，绝无他途。天若见怜，让你早去早回。"

她泪如雨下，久久说不出话，勉强移步，拭着脸上的泪痕，一步一回头，向前走进禁区。

六个月后，罗天收到伊莲的电报："今夜返加。"下面是航班号码和时间。

又是冬至节的晚上，雪花如掌，寒风如剑，罗天驱车到比亚逊机场接机。闸门开处，在一大群乌克兰妇孺中，伊莲一身黑服，冉冉而出，推着行李车子，看到罗天，嫣然一笑，投进他的臂弯中。他兴奋逾恒，加大油门，飞奔回家。

车抵车库，他双手抱她进家。她看到罗天在她家厅中立着一株抵到天花板的圣诞树，挂满闪亮的小银灯，吻他脸颊说："辛苦你了。"

罗天把她放在沙发上，把六个月禁欲的苦恼，都倾泻到她的身上。喘息之后，倒一杯伏特加酒："喝一杯，替你壮壮胆。"

伊莲记得对付逃犯之夜，她曾替他倒酒时说过这话，便笑说："我这一趟回去，确实需有胆色，有不为金钱围堵的胆色。"

她告诉他：当她回到基辅（乌克兰的首府）她的祖父身边时，祖父病得很重。她尽心尽力，服侍老人。病中，老人要求她落叶归根，归居乌克兰，享用他的巨额遗产。她不愿拂逆老人好意，只好唯唯诺诺。不久，老人一病不起。

处理老人遗产的律师向她说："按照老人遗嘱，你必须回归乌克兰长居，巨额遗产由你享用，否则，全部捐给东正教教会。"

伊莲说："我爽快地告诉律师，金钱有什么了不起？我不稀罕金钱，我要丈夫。任何人都别想在我与丈夫之间，凿开一道银河。这些钱，捐给东正教好了，我不在乎。我什么都不要，只要我的丈夫。律师惊愕不已，他说：给你三天考虑时间。我说，一天都不需，早三天让我回到我心爱的男人身边，便是最大的恩典。我立即订机票，立即登机。金钱财富，我弃之如破鞋。"

望着她神采飞扬的脸庞，罗天把她拥进怀中，吻她的脸颊："痛快极了，这才是我罗天所需要的女人。今晚又是冬至夜，漫漫长夜，我不须独守空房，不须持枪戒备，好美丽的冬至夜。"

佳节临近，一阵一阵的圣诞报佳音歌声，传进厅中。漫漫长夜，罗天和伊莲，仍是感到太短促了。

2017年9月11日

# 车仔妹

西风掠过竹林寺伸出墙头的竹梢，发出萧萧之声，淹没了树上秋蝉的残鸣。

林湘拉着车子，沿着连胜马路，经由花王堂，转入新马路，到福隆新街，卸下菊香，慢慢跑回红窗门路边。时近黄昏，淡淡的秋阳把她身上的汗水渐渐晒干。她轻轻告诉自己：“阿湘，你又挨过一个夏季了。”

对面着短打的男车夫良哥微笑向她点头说：“西风起，天凉了，我们穷人挨过这个热天，日子渐渐好过了。”她也报以微笑说：“热天不算什么，最紧要早点打完仗，好让我们早点回乡，过点家乡生活。”

这是 1941 年的秋天。良哥马上把脸一沉说：“回乡？咪想咳你个肺，近日报纸正在推测萝卜头会不会同花旗佬打仗，一旦打起来，再打十年八载都似。澳门会不会被火烧连环船，谁敢担保？”这一番话，使林湘神色黯然。她懒洋洋地把车子停好，拿出鸡毛掸子把车座上的尘土扫掉，再拿出车布，把车子擦得油光水亮。正要坐下憩一会儿，妓院菊香阿姑的近身七嫂走过来：“阿湘，回寨，香姑有话要对你讲。”

林湘随七嫂走到福隆新街“荟芳寨”二楼菊香姑的闺房，菊香正慵懒地倚着洋铜床闭目养神，看见林湘进来，张目浅笑说：“湘姐，你拉车辛苦了，坐下休息一会儿，在我这里吃晚饭。我今晚大姨妈来了，很不舒服，休息一晚告病不出局。我们谈谈，我们姐妹，好久没有长谈了。”

晚饭开出来，是琵琶豆腐、黄花咸鱼蒸肉片、西红柿煮红衫鱼。一般妓女由寨方供应伙食，但菊香是红牌阿姑，享有特权，自己拥有小厨房，可以由近身烧几道合口味的小菜，不用吃妓寨饭。七嫂手艺不错，使林湘胃口大开，吃得很饱。待至收拾好餐台，七嫂提早回家休息。菊香把房门关上，与林湘并坐在床沿，低声向林湘说:“湘姐，消息不好，我们军队节节败退，萝卜头气焰嚣张。英国人不敢违逆，把滇缅公路关闭掉，外援进不来。乡间情况更差，伯父（林湘父亲）过身后，游击队群龙无首，日军藤田部队常常开进陇围乡搜刮白米、生猪、塘鱼等物，近日更指明要供应花姑娘（慰安妇）多少名。据说，乡绅父老为了免祸，不得不找些私娼充当花姑娘。但是，兽兵多，慰安妇少，有些花姑娘放回来，痛得不能走路，甚至有人被奸死在床上。”

林湘听得咬牙切齿，双拳紧握说:“这仇何时才能报呢？”她接着问:“桓哥呢？有他的消息没有？”

菊香低声贴着她耳边说:“桓哥现在阳江纵队，目前尚属安全，你可以放心。不过，你要小心，澳门日本人势力越来越大，西洋鬼不敢多管，任由敌伪横行，万一知道你我的表哥是抗日分子，麻烦就大了。好了，今天你倦了，早点回去休息吧。”

林湘得到情人表哥的消息，心中稍感安慰，她难为情地说:“菊妹，我想向你借点钱，买点‘金鸡纳霜’，托巡城马（一种专门来往于澳门与珠三角两地的送信人）送给桓哥。听说近来乡间疟疾流行，我担心乡下买不到药。”

菊香从枕头下拿出一捆钞票交给她。林湘出门，拖了空车回住所。她租住的地方是炉石塘小新巷三楼一个狭隘无窗的尾房，夏天燠热异常，使她难以入睡。幸好，天气凉了，她庆幸苦难暂时告终。

点亮桌上的酒精灯，柔弱的灯焰闪烁不定。望着灯焰，她心事如潮。

× × × ×

中日战争爆发前，林湘是珠江三角洲陇围乡的少女。父亲林虎是乡间蔡李佛武馆的教头兼乡长，他把一身武功，传授给独生女儿林湘。他对女儿训练极严，林湘虽然很瘦，但筋骨强健，一向协助父亲向学徒授艺。她有一位大师兄，便是她的表哥张效桓，二人青梅竹马，两小无猜。林虎正打算替二人完婚，霹雳一声，中日之战爆发了。张效桓投身粤军，拿起刀枪捍卫国家。日军登陆大亚湾，余汉谋率领的粤军一战而溃，退守粤北。溃散后的张效桓，回乡与林虎组织游击队和日军周旋。不幸，林虎在一场伏击战中阵亡，张效桓没有消息。林湘是林虎的女儿，正是日军搜捕对象。她只好潜逃澳门，投奔林菊香。

林菊香是林湘的远房姐妹，父母亲早死，舅父把她卖到澳门当琵琶仔（卖唱不卖身）。她人美艺高，蹿红得很快，引起一些“烂仔”的妒忌。她正需要一个车夫兼保镖，保护她出局。林湘是合适人选，也以此掩饰身份，并不以被人称为“车仔妹”为嫌，乐得避开敌伪的注意，总算有职业栖身。

日本人在日俄之战中击败沙俄后，便以国际强国自居，“九一八”以后，更得寸进尺。1941年初，占领中南半岛，使美国大为不满，以禁售石油为手段迫使日方停止侵略的步伐。双方谈判多时，无法达成和解，美日之间战云密布，报章多数推测双方难免一战。澳门在这个时候，虽然宣布中立，但是，鉴于日本人那种侵略成性的前科，谁都不敢寄予过高的期望。就在这个风声鹤唳的日子里，日本悍然发动太平洋战争，突袭珍珠港，出兵菲律宾，进攻香港。

当日军占领广州时，广州陈塘的妓女，纷纷转移到澳门。及至香港岌岌可危时，太平山下的莺莺燕燕，更是奔向澳门花国三街。随着莺燕而来的，还有一些黑社会人士。他们初到贵境，一时间不敢吃大茶饭，只好向花街打主意。菊香所在的荟芳寨生意极旺，便成了勒索的对象。“事头婆”（妓寨主持人）五姑，接过几次恫吓信，但不敢声张，担心旗下阿姑吓破了胆，不敢出门应局，只好向本地江湖大佬求救。无奈对方是省港人马，心狠手毒，不是猛龙不过江，只能尽力应付那些有头有脸的人。至于一些初生之犊，愍不畏死，实在无法可施。

天气渐渐变冷，年关近了，来自省港那群有钱人，在战争中发了国难财，正要征歌逐色，菊香的“台脚”（出局、陪酒、献艺）更旺。一天晚上，北风呼啸，冷雨纷飞，林湘拉车载着菊香出局归寨。经过红窗门，一条冷巷中跃出两条大汉，拦在石子路中。冷冷的街灯下，照见两把寒光闪闪的牛肉刀子。

“阿姑今晚搵够了，分几文钱俾穷兄弟开餐吧！”为首一个一人操着四邑口音说。

林湘把车子停下，迅速把插在车尾的鸡毛掸子抽出来，拿在手中。菊香在车上说：“不要动武，万事有商量。”她把手中手帕里的全部葡币交到林湘手中说：“开餐冇问题，伤人就不必。湘姐，烦你送给兄弟们买个猪仔饱吧。”

林湘把钞票交给那人，那人收下，冷笑一声：“承惠，可惜太少了，阿姑身上首饰唔少，分些金器给我们吧。”

林湘愤然说：“你们未免得寸进尺了，阿姑已给钱，就该放人一马。阿姑身上的首饰是事头婆借用，回寨交不出首饰，要吃棍鞭的。”

那贼人哈一声笑说：“阿姐一定当我乡巴佬，阿姑台脚咁旺，边个敢打？拿过来吧，要我们动手就唔多好睇了。”手上扬着牛肉刀，欺身向前。

菊香将身往车内一缩，林湘扬起手中鸡毛掸子说：“菊妹休惊，我就唔信俾佢两条毛虫子吓窒。”

另一贼人冷笑道：“皇帝不急，急了太监，一个车仔妹，下人罢了，几时轮到你出声？揸支鸡毛掸子，想教训我咩？”

林湘说：“我就要教训你们，何谓盗亦有道。”话还未说完，贼人挥刀便劈过来，林湘低头避开刀子，挥起鸡毛掸子拦腰鞭向那人背上。“哎呀”一声，那人腰骨折断了，仆倒路旁。另一贼人持刀冲来，林湘举扫一挡，“当”一声，鸡毛在寒风中飘飞，贼人的刀子被她的力道震飞脱手。他万万料不到林湘的扫柄是精钢打成的。

“怎么样？没有刀子，我们比比拳脚吧！”林湘把鸡毛掸子掷下，石子路“啷当”作响。她卷起衣袖，摆出蔡李佛招式，静候对方进击。

贼人忽然跪下说：“师傅，放过我吧，我不是你对手。我不想断腰。”

“岂敢，我只是一个下人，没有放走贼人的资格。”

贼人把钞票递还给菊香：“阿姑，你的钱我不敢要了，求你请阿姐师傅高抬贵手。她一出手，我死定了。”

“瞎了你的狗眼，你知她是谁？威震珠三角的蔡李佛高手，你们也配跟她动手？拿回你的钱，扶你同伴去找跌打医生吧。”菊香把钞票掷在地上。

林湘一言不发，伸腿把鸡毛掸子踢起，插回车后，拉着车仔，迎着呼啸的风声，朝荟芳寨方向走去。

林湘掷下精钢鸡毛掸子的响声和打斗时的叱喝声，引起很多未眠人的注意，纷纷打开百叶窗往街看。谁都不敢相信，这个毫不起眼的纤瘦车仔妹，竟是身怀绝技的人。

× × × ×

节序进入冬至前后，一个晚上，巡城马从珠三角到澳门，找到林湘，在一家咖啡店中，带来一个不幸消息：她的情人表哥张效桓，战死沙场。大丈夫马革裹尸，原是意料中事。巡城马说：详细过程，阳江纵队大队长李务滋，不敢写信，恐怕巡城马带信时被敌人查获，于游击队，于林湘，甚至于巡城马，也有影响，只能口耳相授，把经过告诉巡城马。巡城马到澳，由他亲口诉述给林湘：

敌军由湖南经广东入广西，藤田部队奉命搜集粮食，进攻陇围乡。阳江纵队掩护乡民撤退上山，张效桓所指挥的一支游击队是殿后部队，他在指挥时被日军狙击手山口三郎发射冷枪狙击。山口是华南派遣军中最有名的神枪手，号称“弹无虚发”。子弹射穿胸膛直入肺叶，他被抢救下来送到后方，医药简陋，无法开刀取出子弹，数小时后断气。他在死前脱下腰间练武人常缠的绉纱带，要求无论如何交给林湘。

“林姑娘，张队长临终时口吐猩红说：一定要替他报仇，他才能在泉下瞑目。我今天把腰带交给你，张队长的血海深仇，我们民族的血海深仇，都由你来报。”

巡城马的身影在泪眼模糊中消逝。林湘把苦泪艰难地咽下，走进洗手间，把情人的绉纱带缠在自己瘦削的腰间，咬紧牙根，一个字一个字地低声吼道：“表哥，表妹一定替你报仇！”

这个噩耗，除了菊香，她谁都不告知，只把这段血海深仇，深深地埋在自己心中，静静地等待机会。

× × × ×

太平洋战争使澳门人陷入饥饿苦海中，但是，却成为日本人的乐园。华南的日本军官，久慕濠江风月，借词出差，纷纷跑到澳门领略三百年金粉。渐渐地，出差澳门变成论功行赏之举。几个精通日文的汉奸，负责对来澳度假日本军官迎来送往。而这几个汉奸，都是花国三街的常客，都对琵琶仔菊香虎视眈眈。为了显示他地位的崇高，常常将来客的姓名告诉菊香，再由菊香告诉林湘。林湘每次得到新名单，都看看有无“山口三郎”这个人。

追捧菊香的一群人客中，有一个名为洪独清的人，战前是一个替报馆专写风月文章的文人。那时，澳门所有报纸，立场一致，拥护抗战，反对对日和谈。后来，出现一张《西南日报》，在一片抗日声中标新立异，依附敌伪。洪独清是《西南日报》的一支健笔，年已接近五十，有了钞票，便成为福隆新街的常客。他自命风流儒雅，对菊香的色艺，十分欣赏。据说：他少时曾留学日本，精通日语，接待日军军官来澳消遣，渐渐成为专职。《西南日报》报社设在南湾，有时接待日本人的宴会，便在南环附近酒楼进行。

他不但欣赏菊香，更对瘦骨嶙峋的林湘有意思。他不像其他豪客，看不起衣衫褴褛的车仔妹。他常说：“这个女人，禾草冚珍珠，粗头乱服亦倾城。”他每次到福隆新街看到她，总会停下来跟她调笑几句。为了侦查仇人，林湘不得不对他敷衍谈笑。

有时，林湘带笑问他：“呢排又有边几位贵宾归你洪少爷接待？”

“骑……骑……某某军曹，某某参谋来了，我又有排忙了。”洪独清恬不知耻地说。

终于，她等到“八名军官由三灶岛来澳公干”的消息，名单中有山口三郎的名字。

一艘汽船由湾仔驶向16号码头，八个日本军官身穿黄色军服登陆，由洪独清接待到新马路中央旅店下榻。当晚，洪独清在“蛇王芬蛇宴馆”接待“皇军嘉宾”。街外是顶着寒风、打着“蛇饼”的领粥饥民，蛇宴馆中是八位脑满肠肥的度假日军军官和三个奴颜婢膝的传译员。料珍工精的龙凤蛇羹端上桌来，接着是热荤响螺盏、窝麻鲍片和澳门特产“金边方鲗”，饮品是来自日本的“菊正宗”。坐在客人后面的是几个手抱琵琶、三味线（三弦）月琴等乐器的琵琶仔。菊香正被安排在山口三郎身后。酒过三巡后，自恃见多识广的洪独清操着半中半日的话，大谈其女人经：

“诸位认为我物识而来的澳门艺妓如何？”

其中山口随军侵粤已有多年，懂得粤语不少，说：“洪样赏识过的女人还会有错吗？此来全仗帮忙。请洪样干杯。”

喝下几盅清酒，洪独清卖弄他的嫖经：“珠圆玉润的女人，到了床上，反不如瘦削的女人好玩，旋转自如。诸君听过‘扬州瘦马’一词吗？那就是说瘦女人才是一匹令骑者销魂的好马啊！”

座上几个日本人拍掌大笑：“洪样好！大大的好！”身后几个琵琶仔虽然出身娼门，但毕竟还是处女之身，听了这番话，羞得面红耳赤，“啐啐”连声。

席散后，洪独清陪贵宾到荟芳寨打水围。一路上，山口记起“扬州瘦马”的话，一双眼睛盯在这个纤瘦的车仔妹身上。

× × × ×

次日，经过洪独清的请求，菊香答应让林湘载山口到澳门各处景点观光，因为山口从军侵华以来，首次来澳度假，想到各处看看。

寒流过后，霜风雪雨威势不再。午饭过后，林湘载着山口逛松山，逛南湾、西湾。一路上，林湘一边拉车，一边向山口陈述。山口不在乎山水美景，心中只是想着洪独清“扬州瘦马”

的话，在车上望着她纤瘦的腰肢。

温暖的冬日太阳照在山口身上，车仔微微震动，催他昏昏思睡。他正在打盹，车子停了。他悠然张目一看，眼前是一片荒地，杂草丛生，冬日的苍蝇正嗡嗡作响。

“这是处什么名胜？”

“山口样，这地方叫劏狗环！”

“什么？劏狗？我可不吃狗肉。”山口心中有点不安，睡意全消。

林湘咬牙切齿地说：“不是要你吃狗，这是劏狗的地方。你这只衰狗，天注定要死在劏狗环。”她一把抽出插在车后的鸡毛掸子。

一看是一把鸡毛掸子，山口失声笑道：“就凭你？”

“对了，就凭我。”林湘怒眼圆睁，“我未婚夫死在你冷枪下。今天要你血债血偿，别无话说。”

山口一跃下车，军靴朝车仔把手暴踏，车把手应声而断，一条木棍握在手中，冷笑道：“车仔女！我虽没有带备狙击枪，但我是东洋刀高手，我要杀你，易过杀鸡。放下鸡毛掸子，我饶你一命。”

林湘摇摇头：“山口，你虽饶我，我不饶你，家仇国恨，今天一定要做个了断。不是我杀你，就是你杀我。来吧！我让你先动手。”

山口把木棍当作东洋刀迎头劈来，呼呼作响。林湘使出家传的迷踪步法，闪开山口的进攻。山口的棍如狂风扫来，瘦削如竹梢的林湘，迷踪步法神出鬼没，轻盈地跳到他的背后，向天怒吼一声，运起腕力，举起鸡毛掸子全力刺进去。原来鸡毛掸子的末端尖锐似剑，扫身两旁锋利非常，平日被鸡毛所掩，谁都看不出来。剑尖把山口的黄绒军服刺破，剑身剥开脊骨，剑锋直透肺叶。山口哀号一声，口吐鲜血。林湘并不拔剑，飞起一脚，山口向前仆倒。

剷狗环恢复岑寂，衰草萧萧，蝇声嗡嗡，松山日落，一片血红残阳，照在山口伤口鲜血汩汩而出的尸身上。

半小时后，林湘泅过鸭涌河，驾了一艘小农艇，向自由区方向划去。

2016 年 5 月 28 日

# 除夕

今天是除夕了！

很冷很冷的北风，卷着雪花，向汽车扑来，冬阳西下，余光暗淡，而我仍在赶路。

1979 年，母亲住在四弟家中，四弟在加拿大卑斯省落基山脉中一个矿区工作，那是一个偏离加拿大横贯公路的小镇。而我居住在多伦多市，在一家印刷厂工作，告了两个星期的假，独自驾车往四弟家中度春节。

我驾驶的是一辆四驱车，不怕小风雪，车中的点烟器可以电饭镬煮饭，我每天驾车十小时，中午停到路旁，以咸蛋腊肠米饭作午餐。入夜，找个汽车旅店，洗个澡，睡一个好觉，然后再上路，如是者数日。

我已到了埃布尔达省的卡加利市，探看一位朋友，被他灌了一夜的酒，起来较晚。赶到落基山区，已近下午，不料，错进岔路。入了伐木区，那里地形复杂，树林荫翳，找不到出路，不免心急，越走越错。眼看就要日落，林深如海，没有汽车旅店，连人影都看不到一个。斜阳落后，山雪越来越大，不再是雪花而是雪球，伐木区没有铲雪车，路上的雪，越积越厚，我焦躁万分，看来今夜要野宿了，油表上的红针告知我，只有不足半库存量，我不敢再走路。

我把车停在路肩，停车后暖气消失，我虽身穿冬褛，仍然冷得发抖，由于存油不多，我不敢长期使用暖气，以免把存油耗尽，只好间歇性开动汽车，一来可免被冻僵，二来不致使存油耗尽。我倚在驾驶座上，迷迷糊糊地正要入睡。蒙眬之际，忽然听到一声枪响，立即睡意全消，一跃而起。打开车门，大雪像潮水一样涌进来，我向前一看，雪影中走来了一个手持猎枪的老人。他长着东方人的脸孔，向我端详了片刻，然后开口以英语问我："你是中国人？为何跑到深山来？"我连忙将日暮迷路的经过告诉他，他咧嘴一笑："随我来。"跟着跑进森林中把一只野鹿拾起，放在车斗中，然后开车领前，我驾车随后。十五分钟后，到了他家，那是一间躲在森林中典型的先民木屋，全用树条筑成，我们踏着积雪进去，迎接我们的是一位老妇，她以台山腔粤语说："欢迎欢迎，你系唐人吗？"我连忙用新会话答："系啰，荡错路啰，如果唔系见到埃布尔，怕冷死啰。滚搅晒，唔好意思。"老人吩咐我把冬褛除下，他亦脱了大褛。吓！好一条粗壮的老汉。须眉虽白，但行动利落，肤色黝黑。那时，老妇对我说："要拜伯公啰（拜祖先）？"我定睛一看，原来屋中设着神台，桌上正放着三牲，鸡是猎来的山松鸡，鱼是从冰下钓来的碧古鱼，还有一方白肉，细看方知是白焓的鹿肉，居然是似模似样的三牲。老人庄严地磕了三个头，老妇把酒拿来，老人向地上奠了三杯酒，再叩三个头，然后站起来，说："好！岳（我们）吃团年饭。"这时我才想到这时应是澳门的除夕，老人正循新会乡俗拜伯公。于是连忙到车中拿了一瓶玉冰烧，老人说："好耐猛饮（很久没有饮）玉冰烧啰。"老妇把松鸡和鹿肉切好，把酒开了，我们便一起共聚年晚饭，并用英语畅谈起来。老人告诉我：他原籍是新会人，太平天国时代，祖父跟长毛作反，洪秀全失败后，祖父跑到澳门卖猪仔，卖到加拿大去建筑横贯铁路，和一个茵陈（印第安人）女结婚，生下了他父亲。孙中山先生到加拿大宣传革命时，父亲加入了同盟会，回到广东。1911年黄花岗之役，黄兴领导起义，父亲随黄兴攻总督衙门。起义失败，他跑回加拿大，也和一个茵陈女结婚，生下了他。他在伐木区长大，天天以狩猎为生，学得一手好枪法，在伐木区当守林人。他有一个女友（就是眼前这老妇），女友父亲来自台山，也是猪仔客，同样与一个茵陈女结婚，生下她，所以老人懂新会话，老妇懂台山话。二人正要结婚，二次大战开始了，他回到中国参军，女友跟别人结婚。不过，他知道她是爱他的。参军后，因为他懂英语，枪法奇准，身为翻译，兼任狙击手，深为孙立人将军所倚重。仁安羌之役，把日军打得落花流水。战争结束后，孙将军调驻广州，建新一军公墓。稍后，蒋介石把新一军调往东北打内战。他向孙将军说："我回中国是为了要杀日军，要我去杀自己人，我办不到，孙将军，你从前教我们唱：枪口对外，瞄准敌人，不打老百姓，不伤自己人。如今，你要我枪口对内，你不惭愧，我还惭愧呢！我们中国人流的血已经够多了，不能再流血了。"

说到这里，他一口喝光杯中的玉冰烧，我再斟满一杯，他又说："孙将军是一位受我敬重的人，他骁勇善战，耿耿孤忠，我是新会人，不懂国语（普通话），他曾在西点军校读书，我们用英语交谈。他说：'我也不想打内战，但我是军人，身不由己。'我说我虽出生加拿大，本是中国根，父亲教我效忠中国，如果我的狙击枪对准中国人，将来死落黄泉，如何面对祖父和父亲？你不让我退役，不如把我枪毙，省得眼见中国人流血。孙将军叹一口气，只好让我退役，离别时，我哭了，他也哭了。我向他说：几时国共再合作，中国再统一，我将是世界上最快乐的人，要我当火头军，我也干！"

愁肠酒入，都化作伤心泪，我已无心饮啖，泪盈于睫，痴痴地望着老人那刚毅而黝黑的脸庞，我心中向自己叫着：惭愧呀！惭愧呀！我多年来所读的书，读到哪里去了？我还不如一个守林人。

他退役后，回到加拿大，再做守林人，并找到女友。女友立即与老公离婚，再度跟他同居，二人生死相守，在森林中。他们居住在伐木公司的小木屋中，以狩猎野兽、采摘野菇、捕捉河鱼为业。每年去数趟卡加利，买些必需的中国货回家。伐木公司给他接驳电力和电话，没有电视，但有电台收听新闻。对两岸情况，他也不陌生，不是与世隔绝，只是心痛，蒋介石死了，毛泽东也死了，而两岸仍然对峙，他不知有生之年，能不能看到国共第三次合作，中国再次统一。他天天期望，天天失望，他说："我告诉我的女人，要是我死了，把坟地朝西下葬，我要看到中国统一，有一天中国实现统一，拜伯公时不要忘了告诉我。"他言毕，一仰头把余沥喝尽，站起来时，豆大的眼泪滴落到无酒的杯中。

夜已深，林区中没有爆竹声，老妇收拾了饭桌上的余馂，把我送进客房安寝，我虽疲倦，但无法入睡，窗外寒风卷着雪花，吹袭向冬林，声如怒涛，心潮澎湃，我想写诗，拔出笔，展开记事簿，无法写下一字。

这就是 1979 年的除夕。

接近黎明，我小睡片刻，曙光从窗外照进来，光明满室，我一跃而起匆匆洗漱。走进客厅，老夫妇正呷着咖啡，等待我同吃早餐。老人笑说："恭贺新禧。"老妇也说："今年胜旧年。"我想起如今该是澳门的新年，而我身在乱山林区，心中宽快，正想循俗说一声"恭喜发财"，忽然想起怎能说出如此俗不可耐的话？自然地吐出一句："希望中国早日统一。"他们都莞尔而笑。我从老人的笑脸，看出中华民族的前景。

早餐后，老人出门开车，领我离开林区，重返大路，我向他道谢，然后挥手道别。我开车前进，大风雪已消失，猛烈的山风把积雪刮往崖下，路面积雪很浅，车轮稳定，车前阳光灿烂。

# 盗宝

## （一）

杨凡匆匆离开河边新街的小旅馆，赶到宜安里应约到宜安寨。

中午的澳门花街刚从睡梦中苏醒过来，宿娼的客人在老契的服侍下，穿上衣服，梳好花旗妆，出门办事去了。阿姑们宿酒刚醒，在“近身”（仆妇）的协助下慢慢梳洗，再贴上鬓花，闲悠地喝着水仙茶。

杨凡的到临引起宜安寨一阵轰动，他从各乡带来书信和杂物，按照各人家中所托，交送到她们手上。最后，才被梅芬唤进她的房中。

梅芬温柔地问他：“凡哥，我乡下的人都好吗？”

杨凡说：“他们都好，只要萝卜头不来扫荡，自由区有什么不好？去年谷米不算丰收，但乡人大都有钱在手，最穷的人都有番薯芋头落镬，不像澳门街饿得人食人。”

杨凡和梅芬同乡，而且是小学同学。被鸦片烟鬼父亲卖入妓寨的梅芬，思乡心重，对于身为巡城马的杨凡，觉得分外亲切，总是絮絮叨叨，一谈就是一个钟头，引得鸨母七姑对他“眼掘掘”（怒目而视）。

七姑虽然对杨凡不满，但决不敢让梅芬晓得，因为，梅芬这个琵琶仔，近来“台脚”甚旺，日本客人对梅芬那手三弦

（日本人称三味线）非常欣赏，凡有汉奸商人宴请日军将领的场合，总是少不了梅芬。万一梅芬扭计，装病诈晕，她的损失就大了。不过，杨凡是个擅看别人眉梢眼角的人，一看七姑借口进房借烟借火柴，他便知道是道别的时候了。

临别时，梅芬眼看七姑离开，便附耳向杨凡说：“战局究竟如何？据知日军廿三军司令田中久一，在澳门储藏搜刮得来财物，准备万一军事失利，他年可以利用宝藏作东山复起之用，有听过没有？”

杨凡摇摇头，心想：这可是大秘密，应该继续打听。无奈时间无多，只好说：“此事有继续打听的价值，下回向我作详细报告。”

梅芬挥一挥手：“懂得，我待你如何，你一定心知。你走吧，路上小心。”

杨凡刚去，近身翠群拿了一沓“花纸”进房：“时间不早，芬姑要装身了。”

## （二）

杨凡把银信交代妥当后，乘坐花尾大渡回航到当时属于自由区的鹤山沙坪墟前线。由于日本人经营的“海刚轮”被游击队骑劫后炸废，短期内，日军无法找到另一艘船代替，便准许汉奸商人组织一艘停泊多年的旧式花尾大渡“同荣”号来往珠江三角洲水域。由广州开往江门，杨凡再从江门乘坐渔船回到沙坪墟。

在一座破旧的小木码头登岸，表姐叶香已经在那里等了很久了。一同回她的家中，刚到巷口便听到她的父亲林迎（杨凡的舅父）的咳嗽声，他低声问她：“舅父的病势如何？”

"这是医生束手的病。不但爸爸，我也同样咳血。如今，只好祈求观音菩萨救苦救难了。"

杨凡的母亲是林迎的姐姐，她看不起弟弟林迎。因为，他不肯好好读书，只和三教九流交往。但由于林迎接触的事务广泛，反倒显得知识渊博，他不务正业，但衣食无忧。中日战争爆发，日机轰炸珠江三角洲，杨凡的母亲丧生在日本军机炸弹下，杨凡只好寄养于林迎家中。

叶香是林迎的女儿，很早便嫁给汉奸商人黄富。由于黄富依附日本人，为叶香所憎恶，加之林迎虽然是读书人，但饶有国家民族意识，对黄富所作所为，极为不齿，不许他上门，也不肯再承认他为女婿。

林迎自姐姐去世后，对杨凡特别钟爱，加以叶香与丈夫离异，早年与杨凡二人又青梅竹马，他视杨凡为未来女儿再婚的夫婿。他告诉杨凡："精忠报国，不一定要投笔从戎，其他方面，只要做得好，一样也会有助抗战。条条大路通罗马，其实，不少小路也通罗马，不一定跑大路。"杨凡也认为有理，接受舅父特殊训练，例如盗窃与狙击，一段时日的训练后，林迎认为杨凡已青出于蓝。杨凡投身巡城马，只是以此为掩饰，因为，他早年曾随父母居住澳门，作为来往澳门与珠三角的巡城马，合情合理。而战时的澳门，恰巧又有东方谍都之称，一些情报对军方极有价值。日军攻占珠江三角洲后，第二战区对日方动静十分重视，故此，军方已视杨凡为外围人员。

归来的杨凡首先去拜见舅父，林迎很高兴，他认为杨凡备极辛劳，吩咐女儿叶香做几只小菜，好好款待他。自养的土鸡，漂洗得极干净的鲩鱼肠焗蛋，蒜豉炒石螺等，使餐风饮露的杨凡，吃得极为满意。

饭后，杨凡把路上所见所闻，详细向林迎诉说。当林迎听到梅芬所告诉他有关田中久一的阴谋时，非常重视。林迎是这样跟舅舅分析的：

日本要并吞中国，已是人尽皆知的野心，但是，日本是一个能源匮乏的地方。侵华以后，再侵占中南半岛，美、英认为日本得寸进尺，以拒售石油为手段对付，日方遂于1941年发动太平洋战争。起初，日军先发制人，节节胜利。但是，幸运之神不可能永远站在日本一方，当联合舰队司令密谋攻取中途岛时，电报遭美方译破，美军把日本四艘航空母舰炸沉。此后，日本战绩一蹶不振，许多陆军将领对战局不再乐观，其中包括华南派遣军负责人田中久一中将在内。

田中是一位深谋远虑的人，他深信日军无法取得最后胜利。但他认为日本虽败，却必然有东山再起的机会。目前掌权的将领，应该尽情抢掠财宝，埋藏起来，待到时机成熟时，发掘出来，以为东山复起之用。

田中深知：整个华南，以珠江三角洲地区最为富庶，而这个地区，恰巧是他的战区，搜刮财物，亦以此区最为容易。所以，他对于此区发动扫荡最为频繁，使此区财富尽入他的口袋。

唯是，珠三角区对于他的扫荡行动也反抗得最为强烈。故此，他对于该区的战斗力非常嫉妒，也千方百计尽量破坏。据他所知：中国农村，疟疾猖獗，而医治疟疾的有效药物，便是又名“金鸡纳霜”的奎宁丸，中国还没有生产能力，主要供应地为南洋群岛。现在，南洋群岛既已落入他们手中，只要阻止药物输入珠江三角洲，战士病倒，战斗力自然大减。

一个冬天，杨凡从澳门返回沙坪墟林家，正要休息，忽然感到全身异常寒冷，回房盖上一床棉被，仍是抖战不止，他知道自己染了疟疾。然而，他手中并无奎宁丸。只好捱着，冷了几个钟头，严重的高烧来了，拖到热病过去，他软弱得一点气力都没有了。如此寒热交侵，他自知不能长此拖下去。

叶香几天不见他露面吃饭，起初以为他有任务出差，偶然踱到他房中，见他憔悴委顿，吃了一惊："你怎么一下子病成这个模样？"

杨凡有气无力地说："衰晒！我打摆子（疟疾）了。金鸡纳霜被奸商垄断，不易找啊！"

叶香二话不说，跑到市中一家药店"杏林号"要买奎宁丸。

脑满肠肥的杏林老板赵利，龇着一副镶得黄澄澄的金牙说："香姐，奎宁丸断市多时了，它价比黄金，谁都知道了。你要买给谁吃？"

叶香没有好气："你管我买给谁？有存货就开价。"

赵利望着叶香指上的一颗镶了心形翠玉的金戒指奸笑说："我看上了你那镶了心形翠玉的金指环，唔好意思，我让你几粒喇。"

叶香立即愤然把戒指卸下："乘人之危，赵老板，你因住收尾几年至好。"

## （三）

吞下奎宁丸，杨凡的乍寒乍热现象消失了。可是忧患未已，林迎所患的肺结核却日渐恶化，渐渐地不能下床。乡下人说："痨病不下床，迟早见阎王。"在那个时期，肺结核被认为是"绝症"，叶香天天到观音庙烧香，晚上以泪洗面，也救不回父亲一命。

一天，委顿不堪的林迎，忽然觉得精神颇佳，他知道是生命最后一刻来临了，那是世俗所谓的"回光返照"，他把叶香和杨凡召到床前:“我完了。可是，你们还有很多路要走。据我揣测，日方挨不下去了，战争会在几年内结束。凡仔，我要把叶香托付给你，不必管她那个汉奸丈夫，战后是另一世界，你们休要理会世俗人的看法，同居或再婚，你们自由选择好了。不过，田中久一的阴谋，休要忘了。不能让他们阴谋得逞啊。”

杨凡跪下，叩头说:“那些财物是中国人的东西，只要我一息尚存，就一定把它留在中国。舅父，你放心去吧。”

在叶香和杨凡的呜咽声中，林迎永远闭上了眼睛。

丧事办妥，杨凡又奉军方命令，乔装成为巡城马，到澳门出差，出发前夕，恰是林迎七七除服之日，叶香买了三牲，拜过亡灵后，他们一起吃饭。

解下丧服的杨凡端起酒杯向叶香说:“表姐，喝过这杯酒，奉舅父之命，从今以后，我是你的人了。”

“凡仔，慢着，我有话说。”叶香把酒杯接了，并不喝下，“爸爸虽有遗命，但他可不知道我也已经有了痨病，我要是跟你圆房，把痨病传染给你，那是我死也不愿见到的事。你一定要原谅我。”

叶香的一番话，令杨凡嗒然若丧，他意兴阑珊地说:“舅父临终的话，那算是白说了。我也白高兴了一场。表姐，我好失望啊！”说罢，草草把除服晚饭吃毕，回到自己房中，把明日行李收拾好，躺下休息，应付明日长行。

望着油灯，耳中荡漾着舅父的临终遗言，杨凡耿耿难以入寐。

敲门声突然响起，接着是叶香的声音:“表弟，开门，让我进来。”

杨凡懒洋洋下床，手擎油灯，把房门打开。在夜色中，门外的叶香也已脱下丧服白腰带，换上了一套花布衣裤，拿着一个竹篮，浅笑说："表弟，你还嬲（恼恨）表姐？"

说罢，她挤进房中，把竹篮放在桌子上，她则坐在他的床沿上。

他摇摇头："冇得好嬲，表姐一定想清楚才说出这番话，我还有什么好说。"

她也摇摇头，把头上的长辫子挥来挥去，说："你不说，我也猜到，你一定恨我入骨，无言之恨，比有言之恨，一定更深。可是，你听我一言：我们林、杨两家，只有你一个男丁，遂你所愿是一件容易的事，也是我求之不得的心愿。唯是，我同你圆房，姑妈在九泉之下一定会恨死我，我宁愿生人恨我，不愿泉下人恨我。"

杨凡兴致索然说："你说来说去，也无非是这一套，晚饭时我已听过了，用得着三更半夜跑来再啰唆一番吗？"

她不理会他的冷嘲热讽，把盖着竹篮的白布揭开："这趟你到澳门，替我把这些粉炒米饼送给梅芬，顺便把我的一封信交给她，同时，不要忘记爸爸遗言，继续打听田中宝藏的下落。"

杨凡点头说："好！我说的话你虽不爱听，你说的话我一定会听。"

"那为什么？"她问。

"因为，在两家中，地位最高是你，我能不听吗？"

她微笑出门说："好乖！表姐欢喜听话的人。到澳门，代我向梅芬问好，多谢她做我的替身，在澳门看顾你。"

## （四）

在花尾大渡上，杨凡把所携带的两个大包袱放在床脚，安顿妥当后，环顾船舱中，竟然发现一个在澳门读书时的同学刘球。他半躺在床位上，摇着二郎腿，正在唱着南音：“记得青楼邂逅嗰晚中秋夜，我哋并肩携手拜月婵娟，我亦说不出许多情与义，真正缠绵恩爱又复相怜……”一见杨凡，立即显得异常亲热：“凡仔，乜你出澳门耍两手咩？”

杨凡对他那油头滑腔的态度，一向并无好感：“身为巡城马，出门无非为口奔驰，边有赌博资格？”

刘球拍心口说：“呢勻跟我来，带你去福隆新街开吓心，包你疏肝。”他口沫横飞，一直谈到花尾水渡开出西江河中才让杨凡回床。不久，船上侍仔打钟卖饭，杨凡只要了一砵咸鱼猪皮饭，吃饱便睡，那边厢刘球和几个走私商人，又是栗子焖鸡，又是砵仔鹅，又是五加皮，搅得一舱陶然。

睡得正浓，杨凡被侍应唤醒：“起身，起身，船到马骝洲，皇军检查奸细。”

一小队全副武装，身穿黄色军服、后颈披着一片卡其布的日本军登船，有一位台湾翻译在旁用闽南话传译，四邑人听不懂闽南话，迎面就是一记“鬼王拨扇（巴掌）”。他们对乘客搜查十分严格，但是，查到刘球时，他只掏出一个硬纸皮证件，便轻松过关。

花尾渡在次日清晨到达澳门，泊在 12 号码头。杨凡住进河边新街一间廉价小旅店，利用旅店拨电话给梅芬房间。接电话的是梅芬的近身翠群，约好下午在松山焯公亭相见。

杨凡发觉几个月不到，日本势力在澳门更为膨胀，市面纷纷出现日文学校的广告，有些竟然说明学生每月有多少斤白米赠送，以往标榜中立的报纸更是噤若寒蝉，不敢提到游击队打击日军的消息，只是大量采用日方新闻社消息。

在松山焯公亭，梅芬在他的盼望中悄然出现，她一身半旧胶绸，潇洒而绰约，他从未觉得她如此美丽，他心想：“我既不能爱表姐，还不如爱慕梅芬。”

梅芬感谢他带来的粉炒米饼，抚慰她的乡愁，她把叶香那封信收起，把打探来的消息告诉他：

田中久一存积宝藏的消息并非空穴来风：他认为日本不久必将无法逃避败亡命运，太平洋战局攻守易势，宝藏运回日本本土已无可能。但是，澳门在二战中是中立地区，战后地位大概不会更变，故此，澳门是藏宝的理想地点。田中有一位表弟近田一郎，战前曾在澳门伪装成中国人读书，日军攻占广东后，他并未跟随田中任官，他的责任是留在澳门搜集情报。他跟随中国朋友到花街冶游，这是搜集情报的最好渠道。最近，田中把存宝计划向近田透露，又说：“报国是我们本分，不可忽视。”决定由近田主持藏宝工作。在花街，近田有一位红颜知己宝莹，宝莹自少受他宠爱，也视他为温客。梅芬与她分属同寨姐妹，交情渐深，一鳞半爪的表露，听进梅芬耳中，都成了珍贵无比的资料。

梅芬的话使杨凡震撼，他继续追问广州日军总部将财物运出广州的路线，梅芬说：“详细细节我不清楚，但我们的一位同学刘球，常与近田同游花街。刘球在校中是有名的诡诈人物，他在校已有‘鬼鼠球’的绰号，你忘了他？”

杨凡想起在马骝洲受检查时的情景，恍然而悟：“原来就是此人，差点失之交臂了。”

“凡哥，你在澳门要小心啊，敌人越是接近败亡，越是狼狠，你虽对我泛泛，我在校时却已关心你。你不要我本将心向明月，谁知明月照沟渠啊。”她炯炯有神的双眸，注望着他，“报国虽是本分，生存也是本分，胜利前夕，糊里糊涂把命丢掉，多么不值得。”

杨凡异常感动，揽着梅芬肩膀，诚恳地说：“我不会，明月照我，我也心向明月，我不是一个不知好歹的人。”

梅芬泪盈于睫说：“将来，你不要嫌弃我出身风尘才好。”

秋风萧萧，夕阳西下，梅芬看看手表：“我必须下山了，你好好保重，我的未来，全都系在你身上。”说罢掉头下山。

那个晚上，梅芬台脚很旺，应纸时看到近田和刘球在一起饮花酒，刘球拥着一个妓女毛手毛脚，丑态百出，她不禁心中慨叹：杨凡躲在小旅店挨猪仔饱，如此蛇头鼠眼的人，却酒色双全，这是什么世界啊！

应酬完毕，翠群服侍她卸妆睡觉，睡前，她想起杨凡给她的一封信，撕开信封，是叶香写给她的：

芬妹：

你看了这信，一定很惊讶，事实是：亡父遗言要我嫁给杨凡。但他们都不知道我已是肺痨病人，能活多久，只有天晓得。我嫁他，一定把病传给他，我们两家只剩下他一个男丁，我不能害他。

你和他同校多年，一定知道他是个好男人，我希望你不嫌他家贫，代我照顾他，则我虽死之日，犹生之年。

读书不多，我只望一片痴心，你能全成我。

林叶香

梅芬看后，眼泪夺眶而出，滴落在信纸上，她低声自言：“叶香姐，我虽然堕落风尘，但我仍有人性，我希望能够嫁他。我可以答应你，无论世事如何变化，我一定全成你。”

## （五）

杨凡在澳门一面搜集消息，一面跟踪刘球。刘球最近在海皮，恋上了一位二四寨（较大寨稍逊一级的妓女，因为，这类妓女的度夜价是二钱四分，故称二四寨，抗战时期，已很少白银流行市面，度夜价亦已更改，但人们仍称她们为二四寨）。阿姑阿桃。阿桃从前曾在梅芬寨中任近身，为了注意刘球动态，梅芬有空常到二四寨找阿桃谈话。阿桃是个口白心直的人，她经常把刘球的行径告诉梅芬。

一天，梅芬致电小旅店找到杨凡："金刀（劉字暗号）明天乘广福祥经港往穗。"杨凡得讯，立即决定跟踪他。

杨凡用林迎传授给他的化装技术给自己改容，把自己化装成一个年老的江湖蒙古大夫（生草药郎中），身穿灰布长衫，用担竿挑着一个木制药箱和一床衣被，手持一个小摇铃。摇铃到码头，杨凡买了一个大舱位，前往广州，他的舱位是接近闸门的一张马闸。黄昏时刻，他看到刘球上船，行李由船上侍仔替他拎着。刘球一套英国绒西装，住进一间蜜月套房（在港澳，船上分出许多等级，票价最廉宜是杨凡所住的大舱，即是统舱，人与货物混在一起。依次为尾楼、唐餐房、西餐房，最高级者为蜜月套房）。虽然他是只身一人。

广福祥轮是一艘宽体大船，但船速很慢，半夜开船，接近黎明才进入伶仃洋，遇到日军战舰，拉响号角，"呜——呜"作响，日舰也响号作答。在战前，伶仃洋上，泊满了美、英、法、德、意、日等国的趸船，替他们本国收购广东所产的钨砂，运回本国，以为制造军火之用。自从太平洋战争发生后，伶仃洋成了日军禁海，钨砂尽为日方所搜刮。辽阔的洋面，白天只有疏疏落落几艘渔船虾艇出没，天色入黑，渔船必须返航，否则，随时会被日舰射沉，往日渔火星星的现象，已是不可复睹。

轮船开了一整天，直至次日夜半，方才抵达香港。船虽泊岸，但乘客不许登岸，待到黎明，日军登船，搜查几个钟头，乘客才准登岸。杨凡带有番薯干作干粮，并无所苦，可怜那些毫无经验的旅客，一个个饿得叫苦连天。

一部汽车驶近码头，把刘球载走。杨凡是大舱客，是最后登岸的一群，他无法侦知刘球的行踪。又花了半天工夫，方才找到小船过海至九龙，他摇着摇铃，口中呼唤着：“跌打刀伤，撞红花柳，横痃白浊，痈瘰颈疬，无名肿毒，包医包药……”

跑到尖沙咀，在往日半岛酒店门前，恰见刘球一摇三摆走出来，面有喜色，上了军车，绝尘而驰。半岛酒店悬挂着一面太阳旗，这里是日军司令部，门前站着一排日本卫兵，枪上刺刀在朝阳下，闪闪生辉，杨凡稍微走近一点，一个凶神恶煞的卫兵，暴喝如雷，要他走开，他只好乖乖听话。

他跑到庙街榕树头，吃了一斤熟番薯作餐。晚上，回到轮船，深夜，轮船启行，继续驶向广州。

日军占领下的广州，满目疮痍。杨凡摇着摇铃，继续扮作江湖大夫，偷偷会见林迎三教九流的朋友，打听消息，得知汪伪政权的汪精卫为了日军要收回广州湾（湛江）而大发盛怒，致令枪伤复发，高烧不下，被迫赴日治疗。又得知中、美军机联合轰炸广州，计划反攻广州。

杨凡目前最重要的任务是追踪刘球，林迎的朋友经过几天的打听，终于知道刘球两天后起程经过石岐往澳门。

从广州往澳门何需经石岐？杨凡推测刘球必是不想由关闸入澳，因为藏宝澳门是极端秘密行动，田中不想太多人知道，不经关闸，由秘密通道入澳，才可保密。

杨凡少时，因为捕捉蟋蟀，知道有一条小径，通过青洲进入中山五桂山。当时国民政府禁止乡民把钨砂卖给日方，乡民偷运钨砂的走私小道，他走过多趟，路上情况，了然于胸。

杨凡立即抢在刘球之前出发。在五山坳小深处，有一家小旅店，原是山药佬入山采集山药，猎人猎取黄麖、果子狸和穿山甲等动物，捉蛇佬捕捉长标、金脚带、过树榕等蛇之后，住宿一宵的地方。后来，偷运钨砂走私的人，也借此为歇足眠住之所。

## （六）

他花了一整天从广州经石岐走路到达那山坳，已是太阳西下时分。两株大榕树下，远远听到犬吠声音，接着，店主维伯出现，他拿着破葵扇笑道："这位医生哪里来？好像从未见过，日落了，住一晚吧。"

杨凡知道化了装，一时让他辨认不出，便笑道："维伯，好久不见，你忘了凡仔？"

"哎哟！你是林迎的甥子阿凡？乜你变得咁老？几时做咗医生呀？林老迎呢？"维伯一时弄糊涂了。

杨凡说："舅父过身了，我改行做医生，总要打扮得苍老一点，才像个医生呀，有房吗？我想住一宿。"

维伯开始诉苦："自从萝卜头打香港，我这店子就一年衰过一年，山草药佬、捉蛇佬害怕萝卜头捉去当游击队，很少入山。维伯就快要乞米了。"一面诉苦，一面引导杨凡进房。

走了一整天的旱路，杨凡双足酸酸，很想倒头一睡，但为了等待刘球到来，不敢入睡，吃过干粮，躺在木床上闭目假寐。暮色苍茫时，他听到一阵单车铃响，他知来人定是刘球，透过窗子，见刘球从单车取下两个行李箱进店。

“喂！老板，有房吗？给我找一间干净一点的。”在学校时，他听惯刘球的声音，一听而知，“有什么好吃的东西？果子狸？穿山甲？”

维伯说：“什么都没有，猎人怕萝卜头拉夫，都不敢入山。我只有几只土鸡，你要，我就宰一只鸡姑（雌鸡），叫阿荣给你做个频伦鸡。”（频伦，粤语倥偬的意思，通常是以姜片、葱段为配料。）

几时有个阿荣？杨凡来往居住小店多次，从未知有阿荣其人。他踱进厨房，看见一个蛇头鼠眼的青年，正把一头鸽子放飞。飞向天空中的鸽子，脚上好像绑系着东西。

“啊！你就是阿荣，刚来的？”杨凡说。

“对了，我就是，维伯老了，雇用我来做帮手。你进来是要茶水吗？我劏好鸡就给你送来，你回房休息吧。”阿荣的口气，似乎嫌他进厨房碍手碍脚。

鸽子脚上的东西，引起杨凡的怀疑，他更不敢入睡。过了不久，小店外人声嘈杂，脚声零乱。他踱出房门，只见六七个大汉夹杂着一个用红布包着头发的中年妇人，扛着一面绣着“余金凤武艺会友”“十年跌打老师傅”的绸旗进店。

看样子是乡下卖武档人马住店。杨凡怀疑这群卖武佬之来与阿荣放飞的鸽子有关。因为，那面卖武绸旗是新做的，那些刀枪剑戟也是簇新的，他怀疑他们此来目的是与刘球的任务有关。

他终于踱进刘球房间，见刘球正在吃饭，频伦鸡香味四溢：“鬼鼠球，吃鸡也不招呼我一声？”

“你是谁？声音好熟，失觉晒。”他一时认不出化了装的杨凡。

“我是杨凡呀！”杨凡低声说，“你携带了什么财宝？有人看上你手上两个皮喼（粤人称行李箱为皮喼）。”

刘球一听，大惊失色：“你乱噏！我有什么财宝？皮喼中只是随身衣物，谁会看上？”

杨凡低声说：“我现在无暇和你辩论，我此来是要让你知道，你现在身处险境，财既危，身更险，你如果再在这里诈傻扮懵，我就三十六着，走为上着，省得你骂我见死不救。”说到这里，刘球面色大变。

“老杨，一场同学，小弟不曾对你做过坏事，如今事急马行田，你是有名神枪手，总不能见死不救吧。”

“告诉我，皮喼中是不是田中交你带到澳门收藏的东西？不许车大炮（说谎），你呃（欺骗）我，我就关人（不管不理），你死你贱（生死由命）。”杨凡声音更低。

刘球勉强点点头，苦着脸说：“田中岂是善男信女？我若丢失他的财物，到头来难逃一死。”

杨凡说：“我不是要黑吃黑，这些财物是中国人的财物，留在澳门，终有一天会用于中国人身上，胜于落在盗贼手上，徒然供他们去狂嫖荡赌。否则，我就少管闲事了。我问你，你携什么武器？”

刘球从身上拿出两支左轮，把一支连同子弹匣交给杨凡：“你是有名神枪手，谁都不是你对手，留一支给我做做样子吧。”

杨凡说：“好，吃完饭，你就假扮入睡，没事最好，如果他们进房，由我对付，你不必惊慌失措。”

杨凡轻微打开房门，回到自己房中。

## （七）

山坳中的天光很早消失，树林中的宿鸟喧哗了一阵，便归于沉寂。那群卖武档江湖好汉，吃过自带的干粮，很早归房。维伯把旅店大门关上，把大堂油灯捻暗，自回账房躺下。

店外，山风猎猎劲吹，落叶萧萧，天上乌云密布，星稀月隐，只有隔岭野犬的吠声，隐隐传来。

二更时分，那个红布裹头的中年女人，打开房门，轻步走进无门的账房，一巴掌把维伯打醒。维伯好梦正浓，被人弄醒，正要起来叫喊，她晃一晃手中寒光闪闪的匕首说："老鬼！少出声。"随即把一团破布塞进他口中，再用一条草绳把他捆绑在床上。

在她绑人时，六个大汉从房中窜出，两人手持短枪，其余有人拿牛肉刀，有人拿铁笔，走到刘球房门前，一人粗声叫喊："开门！开门！"

刘球房中悄寂无声，那条大汉一抬腿把房门踢开，刘球端坐木椅中，双手举着左轮镇定说："有话好说，不用踢门。"

那大汉叫："二姑！佢有火（枪）！"

那妇人从账房赶来，刘球房小，站满了人，她站在门外，尖声说："先缴枪！谅你一支短火，轮唔到你牙擦（神气）！"

"我就系要牙擦俾你睇吓！"一句冷冷的声音在身后响起，一管冷冷的枪管压着二姑的后脑，一条坚硬如铁的手肘正勒着她的脖子。

那大汉见女匪首受制于人，喝道："你系边个？胆敢架梁（插手），你死过未？"

那人正是杨凡。杨凡冷笑道："我未死过，亦不劳你赐死。"把枪嘴稍移，"砰"一声响，枪弹射中大汉手中短枪枪嘴，把枪嘴打歪，手枪落地。他再发一枪，把另一持枪人手腕射穿，那人的短枪也坠地。杨凡松开左臂，把二姑释放。

杨凡把枪插回腰带，向二姑拱拱手："二姑前辈，晚辈多多得罪，这位刘兄受萝卜头之托，运宝往澳，财宝途中失去，大概难逃一死。他虽不对，但罪不至死，我们何苦害他一命？”

众人听了，都低下头。

杨凡继续说：“萝卜头近来日暮途穷，败相毕呈，他们把财宝运往澳门，如意算盘能否打响，只凭天命。澳门饥民盈市，饿殍遍野，正需要救济，我们何不放刘兄一马，让他有个交代，我们要钱用，不妨往澳门动手，那时，那些不义之财，谁有本领，钱便属谁，弟兄们以为如何？”

二姑见杨凡并不赶尽杀绝，并出言合理，只好见好收篷，点头称是，拔刀把草绳割断，把维伯释绑，拉队离开。

卖武档离开后，刘球喜形于色，拱手向杨凡说：“多谢老同学出手相救，真是不知何以为报？”

杨凡板起脸孔说：“鬼鼠球，我救得你这一次，未必救得无数次，你何不趁早收手？萝卜头的钱，岂是好赚的？”

“好！我听你的，经过这一役，我才知道谁是好朋友，回到澳门，我们好好聚一聚，我打电话给梅芬，一定找到你吧。”

## （八）

1945 年年初，德国战败，轴心国只剩下日本。人人都知道日本败亡已是无可避免，但是，在华日军军力仍很雄厚，困兽犹斗，悍然集中大军，发动湘西战役，企图夺取中美空军基地芷江。但是，中国军力已是今非昔比，全力抗阻。日军损兵折将，仍是无法越雷池半步。太平洋战场上，日本丢失门户防线冲绳，日本国土暴露在联军刀锋之下。广东日军与日本海运已近断绝，中美正计划在广东沿海登陆反攻，首要任务是炸掉日军军用石油。澳门福隆新街阿姑，发挥她们的魅力，把日军在澳门藏油地点探到，由中美联合空军炸得一干二净。田中的宝藏，只好留在澳门。而侨居澳门的日本人，担心日本战败后，会遭葡萄牙政府驱逐，不少人放弃日本名字，改易中国姓名。更有些日本人与日本妻子离婚，改用中国名姓，娶中国女人为妻，以为掩饰。

田中的表弟近田一郎，拿出大笔金钱，替钟爱的阿姑宝莹赎身，两人在新桥区买了两所相连的平房，作为爱巢。当她把经过告诉梅芬，令梅芬羡慕不已。新屋入伙，梅芬被邀去饮入伙酒。梅芬忍不住把宝莹拉到一边问她："莹妹，你从前不是说过，你患有肺结核症，近田一郎不敢跟你结婚吗？"

宝莹笑容满脸说："托赖观音大士保佑，都医治痊愈了。"

"观音大士真有这么神效？"梅芬骇然而笑，"你拜的是哪一个庙的观音，告诉我，让我也参拜一番。"

宝莹笑道："傻妹，哪有如此神奇的观音大士？神奇的是新发明的特效药。鬼佬医生，有时打针，有时吃药丸，就是如此这般，咳嗽止了，吐血止了，脸也红了，人也胖了。我只能说是观音大士保佑，信不信由你，不由你不信。"

"真是如此神奇？肺痨是死症，果然能药到病除？"梅芬半信半疑问，"诊金呢？包医包药，要多少钱？"

"这个红须绿眼的鬼佬医生真是个怪人，他不要钞票，只要金银。"

"那为什么？他跟钞票有仇？"梅芬越听越觉得不可思议。

"听近田说，此人觉得在战乱时期，钞票不可靠，谁战败，谁的钞票就变得一文不值，只有金银宝石，无论政局怎样变换，总还值钱。所以，他的诊金只论金银，不论钞票。"宝莹据实以告。

"这也合理，只是，如今干戈遍地，往何处找金银？"梅芬困惑地说。

“芬姐呀，我不是观音大士，你的问题我答不上了。”

梅芬说：“好，这个问题我放下，我问你，你们夫妇二人，一间平房足够了，买两所平房不是有点浪费吗？”

“不，一郎说他要把另一所房子辟为书房，可以静静地研究学问，而且，厨中水井，井水清冽，正好烹煮他的日本茶。”

“哦！原来如此。”梅芬恍然大悟，她把“水井”一词，牢牢记在心中。

不久，杨凡回到澳门。次日，他照例到宜安里，梅芬出外应纸，杨凡坐在厅中等候。寨中龟婆七姑走过来，向他说：“杨大少，你既钟情阿女，阿女亦对你真心不二，你为何不替阿女赎身，带她埋街食井水？”

杨凡苦笑道：“七姑，讲笑搵第二样，谅我只是一个巡城马，怎能高攀红牌阿姑？发梦冇咁早，何况，谅你亦舍不得放她出去。”

七姑拿起鹅毛扇掩面，向杨凡贴耳低声说：“阿女近来久咳不愈，医生也束手无策，不知是否有了肺痨，客人都对她有所避忌。你知啦，做我地呢行，吓怕客人，乞米都唔出奇。肺痨是要静静地休养的，天天应纸，怎能休养？你做吓好心，带她埋街，救她一命吧！”

杨凡问：“咁，你要几多至肯放人？请勿忘记，我只是穷鬼巡城马，你一刀劈下来，我冇周仓真传，不敢托刀呀（关帝神图中，周仓是托刀人）。”

七姑佯怒道：“托你个头，七姑出到声，点会要挖穿你荷包？系咁意五千美金（抗战末期，市上美金最抢手）啦。你地发国难财之人，这点钱当打个乞嗤。”

杨凡咔一声：“食人只车咩（狮子开大口）？储备券（汪伪

钞票）就差唔多。我还要成立筹款委员会呢。”言罢起身，不再管她。

次日，杨凡中午在六国开茶等候梅芬，等了又等，直至一壶单丛冲得淡而无色，梅芬才匆匆而至，怒形于色说：“死八婆，有良心，我替她挣了多少钱，还未心足，临走还要割我一刀，当我是一颗柠檬，榨尽最后一滴汁。”

杨凡大吃一惊：“芬芬，你得几时患了肺痨，不要吓我呀！”他仔细打量她，发觉她并未憔悴消瘦。

“傻仔，我不过吓吓佢，好让她早点放我出去，我要嫁你，免得被人捷足先登，仗就快打完，我也要结束风尘生涯了。”

杨凡嘘了一口气：“我就不信如此邪门，一个已染肺痨，另一个又是肺痨鬼？我不甘心。”

“我也不甘心，”梅芬隔座紧握他的手说，“天荒地老，我要嫁你。如今好了，宝莹这个痨病鬼，从前瘦得像一条藤，如今有个神生华佗，把她治好了。又肥又白，漂亮多了。我们快告诉叶香姐，她有救了。”

杨凡又惊又喜：“太好了，这世界还很美丽啊！药费要多少？让我去扑水（筹款）。”

梅芬忧形于色说：“你别高兴得太早，这水不易扑啊。这个怪医生，不要钞票，只要真金白银。死八婆的身价银，我的私蓄尽够应付。可是，哪里来的真金白银去救叶香姐？何况，哪来房子安置叶香姐养病？你既是带我埋街，总不能窦（房子）都有个，在姐妹面前丢架。思想起来，真是急死人了！”

杨凡也一筹莫展，忽然，梅芬的近身翠群匆匆赶来说：“刘少爷中了毒，进了山顶医院，医院看护打电话来，叫杨少爷快去，他有话吩咐。”

晴天霹雳似的消息，打断了二人的对话。

杨凡着翠群陪伴梅芬回寨，匆匆坐上两毫子单车尾，赶到医院，刘球已进了加护病房。躺在床上的刘球，奄奄一息地向杨凡说：“我前两天回省城向田中复命，当时喝了他的两杯清酒，回到澳门，今晨突然流汗不止，我顿然觉悟是喝清酒时中了剧毒，唉！我是自作孽，不可活，可是，金银不能随便便宜了日本人……”说到这里，他气息渐微，最重要的半句话，他已无法说出。杨凡急得大叫：“老刘，东西藏在哪里？”刘球握在杨凡手中的手，冻冷如冰。

几分钟后，已是闭上眼睛的刘球，突然将身一挺，像火山爆发一样，怒目圆睁，迸出：“水井！”然后像一只泄了气的皮球那样倒下去，全身精气宣泄净尽的一条壮汉，无声无息地像一头瘦狗，气绝仰躺在病床上。

## （九）

经过多番谈判，龟婆七姑总算不为已甚，只要储备券三千元，杨凡把自己每一分钱拿出来，再加上梅芬的私蓄和首饰，赎回七姑手上梅芬的卖身契，租了一层破旧木楼安顿脱离花街的梅芬。

埋街之夕，红烛烨烨，语声喧哗，梅芬只穿一身便衣，不带走娼门一丝一缕。在一群姐妹的陪伴下，梅芬披着红色的头盖羞答答地坐在床缘，心中在想：“我终于脱离风尘，做一个堂堂正正的住家女人了。”

夜阑人静，姐妹们离开了，身穿白绸长衫的杨凡，走到梅芬床前，用手中折扇轻轻挑开梅芬的头盖，学着粤剧洞房花烛夜的样子说：“娘子，小生这厢有礼。”

梅芬哧一声笑出来，把红头盖拿下，顿一顿脚说：“唔制呀！洞房花烛夜，你才学做大戏（粤剧）？临老学吹打，叻极有限。”

眼前的梅芬把长辫梳成髻子，生涩的少女装成一个成熟少妇，在红烛光影下，人美如玉。杨凡禁不住捧起她的下巴，给她深深一吻。梅芬被他吻得脸丹耳赤，含羞把他轻轻推开说：“锡一啖就好，要进一步，还须让与叶香姐行先。”

杨凡愕然，勾起叶香拒绝圆房的回忆，问道：“你总有个说法吧。”

梅芬忸怩说：“第一，依照你舅父遗嘱，你和叶香姐才是夫妇，她有病，才轮到我，依照俗例，我是小星。小星入门，需由大婆改名。第二，我出身风尘，更不能坐正。”

杨凡双手抱着她的腰肢，吻着她的粉颈说：“去他的第一第二，我现在需要女人，这就是最大的理由。我第一次圆房不成，早已呻笨（后悔不迭），今晚无论如何，我也要圆房，平日面对着你，早已忍耐得好辛苦。今晚谁叫你打扮得鬼火咁靓（绝顶漂亮），引得我兴合合（欲焰大张），老虎也要霸王上硬弓（用强）了。”

他扶她上床，把罗帐放下，把她的头轻轻搁在绣花枕上，替她卸下玉簪和金钗，吞咽着口涎，笨手笨脚解开她的内衣衣纽。她又喜又羞，温柔地抵抗他的进攻，但不成功。她虽是风尘女子，但仍是卖艺不卖身的琵琶仔，床第之事听过不少，从未身经。如今亲尝滋味，好像一粒苍蝇跌进一埕蜜糖中，既甜蜜，又迷糊，不知该怎样说话，更不知该怎样动作。

红烛已熄，夜色渐深，破旧木楼，春风骀荡，吹遍每个角落。

第二天，杨凡偕梅芬起程到沙坪墟。整个抗战时期，梅芬都躲居澳门，不曾受过战火洗礼，及至经过珠江三角洲一带，看到富庶的西江流域变成一片颓垣败瓦的废墟，让她更加痛恨外敌。

渡船到达沙坪墟的码头，叶香早已得到消息，站在码头迎接。二人一到，叶香携着梅芬的手，笑语盈盈说："表弟妹呀，恭喜你，也辛苦你了。"

梅芬无限羞惭低头说："对不起，姊姊，我不经你改名就进门，太僭越了，你要如何惩罚都可以，只望你不要生气，气坏身子。"叶香微笑不语，紧紧握着她的手。

三人步行到家，家中神台上香烛青烟缭绕，三牲陈列。叶香首先下跪叩头说："姑母，凡仔成婚了，我的责任也完成了。表弟妹生下孩子，叫我一声阿姨就好，我近来肺病越来越严重，迟早会到地下侍奉你。"

梅芬大惊，也下跪叩头说："奶奶，媳妇只是侍妾，不敢掠夺名分。"她站起来，向叶香诚恳地说："姊姊，你千万不要这样说，你的肺结核现在已经不再是绝症，特效药面市，澳门已经有人治愈，我们此行的目的，便是带你到澳门，治好你的病。"

叶香半信半疑："表弟妹，肺痨是绝症，通世都知，你别骗我。"

杨凡听见二人拜祖时的话，感动得热泪盈眶，执着叶香双手说："表姐，这是千真万确的事实，治好肺病的人就是梅芬的姐妹行。她如今生勾勾（活生生）住在澳门新桥，出到澳门，我们带你去见她，你是我的妻子，又是我的恩人，我们骗你，不怕天打雷劈吗？"

叶香沉吟道："我不是怀疑你们骗我，我是担心哪里来的真金白银。"

梅芬说："船到桥头自然直，为了医你，伍子胥没有过不了的昭关。”

说到这里，屋外响起一串又一串的爆竹声。叶香把衣襟下摆捞起，拭干泪水，飞奔出外说：“莫不是打了大胜仗？我去打听一下。”

杨凡点点头：“可能是萝卜头玩完了。”外面是一片喧哗声，隐隐传来：“我们胜利了！”

“中国万万岁！”

“萝卜头投降了！”

杨凡找出林迎遗下的一支左轮枪，安上子弹，“砰砰……”把枪朝天射光膛中的弹药。接着，叶香一手拿酒樽，一手拿爆竹，从外飞奔回来，高声笑叫：“日本仔玩完了！最后胜利，终属于我！不共戴天之仇，今日都报了！”随后跪在神台前哭道：“爸爸，我们赢了，你在天安息吧！”

杨凡把叶香买回的一瓶玉冰烧往口中直灌，喝得半醉，眼前晃动着刘球死前怒目圆睁迸出的两个字：“水井。”

## （十）

十天后，抗战胜利的消息已经传遍整个珠江三角洲，商人渐渐开始将停顿的航运恢复，叶香把沙坪墟的家安顿好，随同二人前往澳门。叶香、杨凡由梅芬带到宝莹家中，宝莹把一位德国医生医治肺结核的经过告诉叶香。于是，叶香对治疗有了信心，愁眉大开。可是，皱起眉头者却是宝莹，她向梅芬诉苦：

中日战争以日本投降而终结，华南日军最高领导人田中久一，被中国广州区受降司令张发奎安置于广州南部一所住屋幽禁，等候盟军总部发落。居住在澳门的表弟近田一郎到广州探视他，即被中国军方扣留，但准他与家人见面。宝莹往广州探视他，他只吩咐宝莹不要卖房子，此外，并无其他说话。回到澳门，由于许多朋友都知近田一郎是日本人，中日之间仇深似海，很少与宝莹来往。宝莹亦因丈夫是日本人，易犯众怒，所以深居简出。

梅芬劝她："从前，李香君守楼，是为侯方域，现在，你为一个日本人守楼，是不是有点不值？"宝莹只作苦笑。

杨凡不作声，他料到近田吩咐宝莹不要卖房子，是与刘球遗言"水井"有关。金银藏匿水井中，历久不变，日本有东山复起之日，金银仍在。所以，不卖房子是有原因的。由于近田不肯将秘密告诉宝莹，足以证明他只利用她守楼，并不当她是自己人。

经过预约，杨凡三人在一座小洋房中和德国籍医生罗弼晤会。罗弼对叶香检查一番，向杨凡说："她的病还不算太坏，用特效药，辅以静养，六至九个月，可望收功。我的收费方式是只收黄金白银，相信你已知道这个怪规矩。"

杨凡但求药到回春，不敢跟他讨价还价："很好，马上就治疗，春节交费。"

回到家中，叶香埋怨杨凡答应得太快："现在距离春节不够两个月，哪里来的真金白银？难道你学了茅山术，懂得五鬼弄财？"

"五鬼弄财虽不懂，孤鬼弄财就有把握，难道你忘了我是泰山大人的嫡传高徒吗？"杨凡微笑道。

叶香皱眉道："这里是葡萄牙人的地方，万一失手，枪弹无情，听说西洋鬼好狠，我宁愿挨病，不愿你挨枪。"

杨凡说："表姐，为了你，挨枪我也甘心。何况我偷的是日本人的东西，又不是偷他西洋鬼的东西，他们狠，我也不是善男信女，必要时，我也狠给他们看看，他们想弄死我，恐怕没有想象中容易。”

叶香愀然不乐说：“你如有事，撇下梅芬和我，怎么得了？”

梅芬开言：“姊姊，瓦坛不离井上破，我们如今是江湖儿女，没有回头路可走了。”

杨凡慨然说：“你的话合我胃口，谁狠谁不狠，交手见真章，谁想要我的命，他必须付出代价。”他补充：“不要烦恼，得手后，除了医治你的病，余下的钱，我会全部捐给同善堂。我宁愿打一份牛工为生，决不使用田中宝藏一文钱。”

叶香默然。

这一年，寒流来得早，冬至前，妓寨龟母七姑召集所有离寨埋街从良的姐妹回寨聚餐，发起人是梅芬。抗战初胜，国人趾高气昂，对日本人非常鄙视。宝莹因为嫁给日本人，担心会被姐妹讪笑，不想参加，但经不起梅芬纠缠固邀，只好勉为其难，不想扫了同寨姐妹兴致，答应一同赴宴。

冬至是大节日，但是，做生意的巨商，一些人必须回店陪伙计喝酒，一些人必须回家陪妻儿吃饭。花街生意冷淡，正是姐妹团聚好机会。暮色初临，梅芬打扮停当，便亲到新桥，挽着宝莹的手，一齐登上车仔，向福隆新街出发。

杨凡近来改行售卖粽子，头上戴着一顶旧毡帽，身披打补丁棉袄，腰束绉纱带，带中有淬毒匕首、钢线、绳钩等物，背上负着一个大铁皮方罐，罐中的粽子都是叶香包扎的家乡蛋黄咸肉粽和枧水粽。一路上，顶住寒风，低声唤卖：“好靓咸肉粽！豆蓉枧水粽！新鲜出炉，热辣辣……”看看更次不早，便降价贱沽，把存货售光。

数九寒夜，西北风呼啸着掠过松山，夹杂着冷雨，刮得瑟缩的行人脸上发痛。新桥是千篇一律的平房民居，没有商户，行人绝迹，只有微弱的街灯在寒风中摇曳。杨凡周围张望一番，并未发现警察，便闪到一家平房檐下，用钢线把门锁弄开，闪身而入。然后把门关上，按亮香烟打火机，靠微弱火光照路，直奔厨房。厨房前赫然出现一个方形水井，上有木盖，盖旁有锁，他熟练地把锁弄开，除褪衣帽，把钩绳钩紧水井井缘，赤身缘绳下井。天气虽冷，他并不在乎，井水比室外还暖。他缓缓下潜到水下，双脚开始接触硬物，好像是一个箱子，他知道这就是刘球所带的东西。他用绳端把铁箱绑扎好，再缘着绳子攀登井上，然后拉着绳子上升。铁箱子很沉重，他知道这就是自己需要的东西，也是刘球垂死不忘的东西。一呎一呎，轻轻不让它碰撞井壁。他把箱子拖出井上，解开绳子，放进铁皮罐中，后穿回衣帽，背上罐子，微启大门，小心张望一回，才闪身而出，再把门锁上。

回家路上，遇上一个缠头的印度警察，一把拉着他左臂，伸出另一只手作要钱状。杨凡掏出一把碎钱，塞进他掌上，把他打发而去，喜得印度警察不再纠缠。

回到家中，梅芬尚未返家，只有叶香倚着窗子，忧心忡忡地向街外张望。她看见杨凡归来，笑逐颜开，一把把他抱紧，把脸贴在他胸前说："表弟，多谢姑母庇佑，你平安归来，爸爸并未看错人，他把我交给你，交对人了。"

杨凡一边喘着气，一边把铁罐卸下："他并未看错我，但看错你。你不肯跟我圆房。"

"哎哟！冤枉死人了。我不肯圆房全是为你好呀。"叶香气得差点下泪，"其实，我比你更想圆房，那晚上，我连喝两碗冷茶才把心定下来，天呀！难为死人了。"

他把她抱进房，口中咬着她的辫子，粗声道："今晚不必喝冷茶，想圆房就圆房，管他天塌下来！"

叶香挣扎着:“不能呀!妹妹快回来了。”

“妹妹答应过我，我辛苦一场，让我圆房作奖励，她会给我们时间。”他笑，“识做点，不要迫我用强。你是我老婆，没有谈判余地。”

“唉……”

十日后，罗弼收到他的诊金，同善堂收到一笔“无名氏”的捐款。

2017 年 10 月 12 日

# 丁香

千里达的十月，天气渐渐凉下来。这天是星期六下午5时，农产收购店客人稀少，赵佑吩咐伙计收铺。待到伙计把店面做好清洁后，赵佑登上他的雪佛兰客货车，朝女朋友丁香家驶去。

丁香是巴基斯坦裔少女，祖上是克什米尔人，那里近千年来战争不断，致使她的母亲有一半中国新疆维吾尔族的血统。一家人由英国迁徙千里到达这里落地生根，以种植香料为业。生产的农产品都是卖给赵佑，由于买卖关系，一家人对赵佑很熟。丁香是杜古镇小学女教师，她自认是半个中国人，与赵佑由相识而相恋。早上她从学校致电收购店，约定赵佑下班后到她的教师宿舍吃晚饭。

由于是巴基斯坦裔，丁香有她的教名——Rubina。有一天，赵佑听到她母亲呼她的乳名为Clover，他问其故，她母亲笑告赵佑，由于出生时婴儿很小，只像香料中一颗小丁香，故而一直呼她为丁香，赵佑对这名字有偏爱，也亲昵地呼她的乳名。

柔软的海风吹拂下，车子驶过一片咖啡林，再转进椰林，丁香的绿色宿舍在望。赵佑刚下车，便闻到一阵红焖牛肉的香味，他把放在后座的一樽Vat19冧酒（千里达50年代最畅销的冧酒）拿在手中，匆匆跑进教师宿舍。一进门，全身泳装的丁香就张开双臂，把他紧紧抱住，深深吸进他的体味，然后轻声道："快吃饭，不要让红焖牛肉凉了，不然就不好吃。"

除却红焖牛肉，她还煮了 Calaloo（千里达一种鲜蟹羹，佐以芋叶、羊角茄和咸牛肉，此羹驰誉南美洲。）捞饭。开了一樽 Vat19（Rum），两人吃菜喝酒，剧饮快谈，吃到最后，她忘却了教师的尊严，满嘴酒气坐到他的膝上，要他把口中冧酒喂给她。

冧酒和她的体香，使赵佑无法控制自己的情欲，他把娇小的丁香抱进房中，她气喘嘘嘘地除去窄小的泳衣，关掉电灯。溶溶的月光从隔虫窗纱照进来，照见她棕色的胴体压在赵佑的身上，窗外唧唧的虫声应和着她的低声呻吟。很久，很久，从椰叶上吹过来的海风，把淡淡的咖啡花香飘送过来，催促她悠然入梦。

远处的犬吠声和猎人朦胧的枪声使赵佑缓缓醒来，他抚摸着丁香那柔滑如丝绸的肌肤，深吸着她那深具丁香气味的体味，轻声叹息道："你真是一颗芬芳的丁香，我今生娶不到你，下一辈子还要娶你。"

她也叹一口气说："谁叫我生长在伊斯兰教家庭中？伊斯兰教不许和异教徒结婚，环境迫使我们只好这样偷偷摸摸下去，反正我不给父母迫婚，在千里达这自由的地方，谁都不能迫我。总之，丁香永远是你的女人，好不好？"

赵佑虽然对伊斯兰教规不满，但也不敢有所表示，只好默然点头。丁香突然想起："刚才我想你想坏了脑袋，忘了告诉你一件事，你的党魁威廉士来信，要我辞去教职去当他的助理秘书，我正在想征求你的意见。"

赵佑沉吟一会儿说："按理来说，国家兴亡，匹夫有责，为了推翻英国统治，建立自己的国家，每人都该尽一份力，你要出山，我不反对。"

丁香把嘴巴贴着他的耳朵说:“如此说来，你要吃到小丁香的Calaloo，就必须开车到西班牙港（Port of Spain，千里达首都，俗称大埠）。”

“小别胜初婚，隔一个时期才吃一次，滋味更香，只要你我不变心，小别有什么关系？”

丁香努起嘴巴说:“丁香是你的人，谁都夺不去。”

× × × ×

千里达最初由哥伦布发现，就成为西班牙殖民地，稍后，西班牙的海上霸权为法国所取代，它又成法国殖民地，直到拿破仑为威尔逊击败，它一直是英国殖民地。第二次世界大战后，英国殖民地纷纷独立，但是，英国人对加勒比海的殖民地扼得死紧，不肯让它们独立，他们宣扬西班牙占领该岛时，把当地原住民Caribbean（卡勒人，红种人一个支派）斩尽杀绝。幸好上帝派遣英国人打败西班牙，救民于水火，才让这一百万千里达人存活下来。所以，英国就是千里达人的祖国，英皇室是千里达人的重生父母，世上哪有反父母的儿女？

这类胡诌的谎言，无法说服赵佑和丁香，虽然二人的肤色和种族都不属于该地最大的族裔黑人和印度人，但他们和一大群反英独立的当地人一起，组成一个标榜民族独立的政党——“人民民族运动党”（People's National Movement，简称PNM），主张脱离英国统治而民族自主。推举历史博士威廉士（Dr. Eric Williams）为党魁，向政党政治进军，推翻英国殖民地统治。赵佑出任党报《民族报》副总编辑，人民久受英殖民地剥削统治，对新政党的主张大加欢迎，一时间，独立运动风起云涌。

崛起的新党招惹守旧势力的妒忌，统治者和势力强大的天主教结合起来，全力扑灭新政党，这其中还加入了美国人的势力。二次世界大战时期，纳粹德国的潜艇威胁加勒比海安全，美国向英国租借千里达两个风景佳丽的海港为海军军港，以及一个山头为雷达探测区。二次世界大战结束十多年，美国人仍然利用种种借口，不肯归还。民族党的政纲，其中一项，便是要求美国把这些好山好水，归还给千里达人民。因此，美国人对民族党，也视同眼中之钉。三股势力结合起来，使新兴政党备受压力。

千里达是南美洲嘉年华狂欢会的发源地，每年二三月间，便是狂欢季节。民族党利用钢乐队（使用废弃的载汽油钢桶底部凸凹之处制成音阶，以木棍敲打成为音乐，其音沉郁而狂热），谱出反英要求独立的乐曲，提升人民反英的情绪。赵佑利用千里达民谣谱入反英歌词，在嘉年华狂欢会中，争取民心的归向，由娇小活泼的丁香领头演唱，引起青少年同声唱和。要求独立的歌声，响彻整个小岛，使统治者知道民心的向背，已是不容轻视，答应举行自治大选。赵佑殚精竭虑，在《民族报》上发表一连串社论，宣传首先“争取自治”，进一步争取民族独立。

× × × ×

在那一场争取政权的大选中，民族党一举击败依附英政党而赢得压倒性胜利。在议会中，民族党取得超过三分之二的席位，成立 PNM 政府。威廉士顺理成章成为新政府总理，三年后，英国政府批准千里达成为独立国家。

赵佑万万料不到，政客可以反掌为云，覆掌为雨，稍后才知悉：美国中央情报局透过秘密渠道，把一笔巨款存进威廉士的瑞士银行秘密户头。大权在握的威廉士，接受美国的秘密交换：美国无条件把海军基地和雷达站山区归还千里达，而千里达必须向美国一边倒，成为附美反共的国家，把政党中反美分子整肃出去。更订立法例，藏有宣传共产主义文件者都属非法，赵佑和一群极端反美的民族主义者都在被整肃之列。

起初，赵佑发觉党魁渐渐和他疏远，他要和党魁见面进言不易，他在党报中的社论论点时常被删改得面目全非。而丁香的身份也由威廉士私人秘书升为政府总理秘书长，统率一大群女性秘书。总理府戒备森严，赵佑的电话常因“她忙着”“她不在”等借口打不通。他已很久没有见过她，他从前不知道这位道貌岸然的政党领袖竟是色中饿鬼，他的女朋友在金钱与权势夹攻下，已变成总理大人的禁脔，不只见一面十分艰难，连说句话也找不到机会。赵佑深深后悔，不该卷进入政治漩涡，把女朋友送进虎口，而且，自己本是闲云野鹤之身，现在却成为当权者的眼中钉。

于是，赵佑和一群感到理想破碎的同志，集体申请退党。威廉士还要惺惺作态，召他到总理府，堆满笑脸对他说：“你是个深受东方文化陶冶之人，多蒙你拔刀相助，使我们一箭功成，一时之间，找不到适当位置借重你，多有委屈，老同志要多多原谅啊！丁香在我这里工作很得力，她也很忙，你也要原谅她啊！总之，理念相同，也要相忍为国。至于退党，他们在开我的玩笑而已，你是东方人，不必跟他们一齐起哄。”

赵佑冷笑道：“世界在变，我们老同志落伍了，思想赶不上麦卡锡主义潮流，还是知趣点退下来好，免得阻塞后进。党报编辑我也不干了，我要还我初服，做我的老本行农民和渔民。请替我寄语丁香，好好为主人服务，不必为我操心。”说罢，鞠躬告辞。

和赵佑同时退党的旧同志，有些人心灰意冷，退隐江湖，眼不见为净。有些人“西瓜偎大边”，趋炎附势，望风承旨，乞取一官半职。有些人不忍见贪污腐化，横行岛国，黯然远离家乡，远适异国。还有一些人留在千里达，希望威廉士临崖勒马，手下留情，不致赶尽杀绝。赵佑要辅助兄长经商，一时之间，不能离去，然而，岛国上的风波，并不因此而宁静下来。

一位与赵佑一同退党的朋友，到外国度假，回来时在海关被搜出带回一本英译本《静静的顿河》，被控告以藏有宣传共产主义刊物而被捕，经过审讯，被判罪名成立，入狱三月。赵佑去探监，朋友低声告诉他：

“威廉士现在金钱是抓够了，今后要的是身后之名，他要把自己塑造成千里达国父。他的过去，老同志知道得太多了，可以收买者，尽量收买，买不动者，尽量清除。你我都在清除之列，你的为人，嫉恶如仇，我所深知，照我看，你还是远走高飞为上。”

嘉年华节又来了，赵佑循俗参加 Jump-Up，他踏着舞步缓缓前进。天气燠热，人山人海，他放缓舞步，从裤子后袋抽出藏着的扁瓶 Vat19 冧酒喝一口。忽然，身后伸出一只棕色的手抢过酒瓶，一个变了装的人笑嘻嘻说：“别一口喝光了，让我也喝一口。”话音好熟悉，带着汗味的体香也很熟悉，变了装，化不了曾经融为一体的情感：“哎呀，丁香，我的好丁香，是你啊！”他一把揽着许久不曾揽过的纤腰，情难自已，众目睽睽，他不能吻她，只好把她揽入怀抱，紧紧的。

“作死呀，揽断我的腰骨了。”她还是那副娇媚的柔音。

“我宁愿自己亲手揽断你的腰骨，胜于留给别人去揽。”

丁香黯然神伤，凄然下泪：“昔日的丁香死了，如今的丁香只是一具走肉行尸。”她挚诚地把小脸偎着他：“听我说，你赶快往加拿大跑吧，那里是自由的地方，丁香知你太深了，这里不适合你。你不走，有人要对付你，他们如今正在筹划着，你是君子，斗不过小人，我怕你对付不了。”她从手袋中拿出一个信封："这是美金五千元，到加拿大安身立命去吧，不要再想念我。"她用力挣脱他的手臂，飞奔而去。

他惊愕不已，捧着厚厚的信封，痴痴地呆望着她的身影，她回过头来，高声叫道："记着，不要再想念我！"双手掩脸，双肩耸动，踉踉跄跄，消失人群中。

× × × ×

赵佑终于接受丁香的建议，以游客身份到加拿大。加拿大自由的风气使他身心一畅，壮丽的河山和纯朴的农村风貌令他有终老是乡的打算。他向移民局试探申请居留的可能，获得的答案是肯定的。接着，他申请居留，很快便得到批准，他于是成为加籍华人，不再打算回到千里达。

不过，他并没有完全把千里达忘掉，风雪之夕，使他想起咖啡园椰雨蕉风；耿耿无眠之夜，使他回忆起与丁香缠绵温存的时刻。然而，这一切都成为往事，除了叹一口气，他还能做什么？

从党友通信中，他知道那里穷人发生骚乱，被威廉士用铁腕手段所平息。正当岛国经济陷入低迷状态时，突变的国际形势救了它，往日不值钱的千里达石油变成抢手货，千里达的库房堆满了钞票。钱多了，贪腐更为猖獗，油钱只进有钱有势的人的口袋中，无权无勇的穷人，仍是要挨柴薯，住漏水铁皮屋。

钱和权换不到健康，醇酒美人享用多时，使威廉士的健康迅速恶化。对着高位专权、满窖美酒、满庭美女、满是圈圈的账户月结单，只能用眼看看，用嘴说说，对于帮助过他打下江山而流亡海外的旧同志，威廉士已是鞭长莫及了。

一个风雨之夜，威廉士恹见那群粥粥群雌，疲惫地独自睡在总理府卧室中。到了黎明，还未起来。管家以为总理病了，起不得床，进房一看，原来这位独裁者已经无声无息地离开人间。统治中心易主，继任者转向开明，废除了许多专制反共法例。党友把消息写信告诉赵佑。遥望南天，他为岛国人民庆幸。

赵佑庆幸有机会在这个寒冷的国家度过余生，数十年来，他在加拿大经商，生活安定，略有积蓄，渐渐成为小康之家。但他还是独身，在商场中，他常常接触女人，有华人，也有西人，但是，他忘不了丁香，那些俗粉庸脂，取代不了丁香。有一天，他到美容院理发，理发师建议他使用染发剂，他才憬然发觉自己老了。

那年的生日，朋友替他举行“庆生会”，他喝得半醉，喟然长叹，朋友借酒醉问他为何长期不婚，他忍耐不住，眼泪双流，把自己和丁香的往事，吐露出来。朋友劝他往事已随流水去尽，而他则年事渐高，不可以单身终老。他凄然说：“没有丁香的警告，没有丁香那五千块美金，说不定我早已变成千里达一抔泥土了，我能再亏负她吗？”

朋友都笑他迂腐，他只能凄然一笑以对。

一天，一个PNM党友写信告诉他，他的前女友丁香，现在贫病交迫，卧病医院。赵佑把生意出让，脱离商界，乘坐飞机，飞回千里达。接机的党友驾车载他到西班牙港总医院，在三等病房中找到丁香。

眼前的人：凌乱的长发、瘦削脸庞、骨瘦如柴、面如黄蜡，赵佑差点认不出从前的枕边人。丁香凝浊的眼珠望着她曾倾心相恋的男人，步履蹒跚，满头白发，低声说：“阿佑，多谢你还记得我。”

赵佑不管同来的党友讪笑，俯身伸手揽着丁香的肩头，温柔地说：“丁香，我怎会忘却你？我的性命是你救回来的，数十年来，无论贫穷与富有，我都没有结婚，我就是忘不了你。”他发觉丁香虽然美貌不再，但是，她那维吾尔族特有的体味，浓香如旧，当年使他心醉，如今依然迷人。

丁香也毫不羞赧地伸手环抱赵佑的颈项，叹一口气："我和你，首先是宗教，再后是政治，使我们无法结合。你的丁香失过节，你依然不嫌恶她污秽，丁香感谢你。"

"是我不好，送你入虎口，要恨，我只能恨我自己。告诉我，你患的是什么病？"

护士带他见主治医生，据医生说：丁香起初患心脏病和糖尿病，渐成肾衰竭，如今只有换肾一途。可是，千里达人肯捐肾脏者极少，排队等候换肾者名单极长，看来她是等待不及了。

赵佑告诉医生，若配型成功，他可以给丁香一个肾脏，挽救丁香生命，医生在别无选择之下，决定分别进行手术。

两项手术决定同日进行，丁香对赵佑的捐肾，非常感激，泪流满面："我是个杂种妹，又是残花败柳之身，蒙你回到我的身边，更给我捐肾，手术成败未可预知。不过，即使万一失败，我把你的肾带到阴间，象征着你是我的人，我在阴间，也无遗憾了。"说着说着，两人相抱痛哭。

赵佑拍拍丁香的背："丁香，昔日因宗教关系，你父母不许我们结合。现在，你父母全已去世，我们结合已无障碍。此次手术成功，我无论如何，要娶你为妻。天可见怜，这次手术，只许成功，不许失败。"

二人分别进入不同手术室，但是，结果各异。赵佑捐肾顺利完成，丁香因长期患有心脏病，服食薄血剂过久，换肾手术虽然成功，却是无法遏止流血。而千里达红十字会存血不多，丁香输血不足，身上血液流尽，终于死于手术床上。

丁香的死讯传到时，他仍在半昏迷状态中。他挣扎着要下床，要见丁香最后一面，护士为防范伤口爆裂，把他捆绑在床上，直至伤口复原。

赵佑只得躺在病床上流泪，他想：他前生欠丁香的泪债，此次一次还清了。

赵佑康复后，才替丁香办理丧事。赵佑与丁香的恋爱故事，PNM党人尽人皆知。出殡之日，老同志都手持党花Balisia到殡仪馆，殡仪馆教堂挤满了人，当扬声器里传出丁香高唱反英歌曲时，老同志个个眼中噙着泪水，同声和唱，相顾凄然。

赵佑以死者丈夫的身份站在丁香棺木之侧，他红肿着眼睛，与每一位来送殡的老同志拥抱致谢。当丧礼到了尾声时，盖棺之前，殡仪馆容许遗属作最后一瞥时，赵佑俯下身，拥抱丁香的遗体，向着她那冰冷的嘴唇，深深一吻，泪如堤决，呜咽着说：“丁香，我们来生再结婚。”

座上参加殡礼的宾客、亲朋好友见此情景，都不约而同，齐声一恸。

2017年1月28日

# 寒夜

我精疲力竭地离开鸡舍，走回农舍。

迎面吹袭过来的西北风，卷地而起，把鹅毛大小的雪片，搅拌成一个个雪团。我像在一个牛奶瓶子中走路，一团烟雾使我弄不清方向，差点跑进车库去，我沿着石墙找到家门，把身上的雪抖掉，电话就响起来：

“这儿是威廉郡警察局：本世纪最大雪暴从美国西部吹袭本郡，将于今晚（平安夜）到达。铲雪车司机罢工是你所知道的，电力有可能中断，电话有可能中断，食水也无法供应。威廉山三家农户，我们将派直升机来接你们撤退，飞机将在半小时到达，来不及登机者，上帝会保佑你们。

“我们必须警告你，大雪时野狼会出来觅食，千万小心！不要倚赖我们，警车在大雪中开不到你的农庄。你家只有你一人？听来不大安全。”

“我有枪，野狼吃不了我，我单身一人更好，不需别人照顾，谢了。”我立刻把电话挂断，因为门铃正在响着。

大门一开，占士和泰迪随着风雪奔进来。二人是我的邻人，他们年纪较大，都托我照顾他们的猎犬。他们都把猎犬放在家中看守牛只，好在我们三人常常一同出猎，它们跟我家猎犬“长剑”混得很熟，也肯听我指挥。我一诺无辞，不一会儿，直升机声已由远而近，于是，我们挥手而别。

现在，整座威廉山只剩下我孤零零一人，今天是 12 月 24

日，俗称平安夜，这场大雪暴预报已有一段日子，铲雪司机就等待圣诞节假期与大风雪来袭的时机强迫郡政府就范加薪。大雪暴加上铲雪车停摆，威廉郡交通完全瘫痪，所以警察局要把山区的居民撤退到临时收容所。我自知不得不留在山区，早已做好准备，还趁早烤了一只火鸡，免得举国同欢之日挨饿。

直升机飞走后，威廉山剩下我一人独自对抗大风雪。风在咆吼，雪在翻滚，天色如铅，整个宇宙好像在摇晃着，我虽有准备，也不免心中有点凛凛，现在，已不由我不面对现实了。

× × × ×

我从南美洲移居加拿大，已有多年，一向住在多伦多市。但对都市生活，越来越讨厌，打算过点乡村生活，恰巧积了一点钱，便买下这所占地 80 英亩的农庄。此地距离多伦多 200 多英里，农舍和鸡舍相距约 1000 码，坐落在威廉山最高点。晴和之日，可以眺望到多伦多市的影子，也可以望到安大略湖的一片银光。农舍与鸡舍，只占地 10 英亩，余地全是森林。农闲之余，我可以走进林中狩猎，兔子和鹿，是最常见的获物。加拿大人有云：有鹿就有狼，此话一点不假。山后森林绵亘数十英里，非但有狼，而且有熊和狐狸，更多的是黄鼠狼。这些野兽，都对鸡舍中的五万只鸡虎视眈眈。警察说得对，大风雪之夜，野兽乏食，必来光临我的鸡舍，这也是我不肯撤退的主要原因。

加拿大的养鸡业与他国不同，肉鸡供应市场，与供求率有关，故而业者必须领牌，还需受政府管制，甚至价格也受控管。也因此例，不致谷贱伤农，投资人较有保障。但因鸡只受野兽侵袭而损失，则只好自叹倒霉。我是一介寒儒，小本经营，不得不小心翼翼。黄鼠狼最爱偷鸡，夏季常趁鸡舍开窗散热，偷偷地进来吃鸡。我大开杀戒，把它们杀得望影而遁。最令人头疼的野兽是狼，夏季时段森林中食物充足，它们不用冒险偷鸡。风雪之夜，万里冰封，食物奇缺，它们便瞀不畏死，冒险一逞。

最常来的是一对年轻的狼，它们高大威猛，势壮力强。除了黑熊外，这十余里山头森林，以它们为最凶猛，常常到威廉山骚扰。我们三家的猎犬，都是拉布拉多狗的混血种，在体积而言，比起来是小巫见大巫，不敢正面交锋。邻人占士的一只山羊正在产子之时，风冷雪寒，占士不忍见小羊在羊舍中挨冷，把它抱进屋中，忘了把羊舍门关上。次日早上一看，羊舍中一对山羊不见了，只留下一摊羊血。占士叹息道："人老了，狼也要欺负人了！"邻人老泰迪的女儿答应复活节来探看老父，老泰迪喜上眉梢，一心要烧一道波兰鸭子给女儿打牙祭。耶稣受难日星期五，泰迪到教堂做弥撒。弥撒做完，泰迪回家一看，鸭毛在春风中飞舞，鸭血遍地。三家农庄，我的损失也不少，当我买下这农庄时，鸡舍残破不堪，由于鸡牌花费手上的钱不少，手头所剩无多，不能全面修葺，有一两个窗子屡修不好，打算鸡只上市后，才好好修理。然而，那些黄鼠狼却不肯给我时间，好几回打从破窗隙爬进来偷鸡。时序进入秋尽，狼出现的次数渐多，它们身体高大，要弄开破窗比黄鼠狼更容易，而且，胃口比黄鼠狼更大，于是，泰迪给了我一部捕兽机。

我把捕兽机安放在破窗前，用树叶掩蔽。一个月黑风高的晚上，捕兽机的弹簧砰然作响。接着，野兽的吼叫声凄厉地刺破夜空，我便知道有狼中了陷阱。我打开鸡舍的窗子一看，只见树叶纷飞，一头野狼一条后腿被夹在捕兽机上，正在拚命挣扎，发出撕人心肺的哀嚎声。不远之处，一头母狼正领着三头小狼往回走，我手上虽然有枪，但不忍赶尽杀绝，便回家睡觉。

次日清晨，我绕到窓下一看，狼没有了，捕兽机也没有了，我的天！那家伙把捕兽机弄到哪里去了？我沿着血渍一路跟踪，好家伙！原来这头野狼不顾疼痛，拖着数十磅重精钢制造的捕兽机回林中狼穴去了。从一路上的血渍，可以知道它那条腿伤得不轻。从此，我对狼有了新的认识。

过了几天，又是一个肃杀而寒冷的秋夜，我在睡床上听到猎犬长剑吠得很凶，立即起来持枪查看。原来破窓上出现了一颗狼头，窓子已遭弄破，窓下的鸡吓得“咯咯”惊叫。眼见鸡群即将遭到屠杀，那颗狼头上青色的狼眼，正冒着凶光向我瞪着。我不假思索，举枪射击，子弹在两颗狼眼之间眉心中射入，它来不及哀嚎，就掉到地上。我往外望去，三头幼狼正踉跄地向森林方向奔逃。在黯淡的星光之下，寒风如吼，我隐约听到远处有狼的叫声。

× × × ×

大风雪果如警察局所料，逐渐凌厉，山上一片死寂，气温不断下降。我自到加拿大以来，从未见过如此死寂的平安夜，没有市声，没有报佳音的歌声，更看不见人群。

下午，我把后备发电机启动，预防电力中断，因为我试拨电话（其时还没有手机）它已是无声无息。有发电机就有电，有电就有水（农庄用的是地下水），我把拖拉机灌满柴油，开始铲雪。铲开一条由农舍通往鸡舍的路，再把鸡舍四周的积雪铲去，使野兽无法利用积雪垫高爬升到窓前偷鸡。接着，我开了拖拉机往占士和泰迪的农庄看看，见并无异状，方始安心。回程时，发现一只小鹿在玉米田中用脚踢开积雪找玉米吃。也许距离很远，也许是狂风呼啸，掩盖了马达声，到它发现我时，我的枪弹已经射出。距离虽远，它还是死在我的枪下。我把它拖回车库，剥了鹿皮，再将鹿体用电锯锯作八片，悬挂在车库的横梁上。气温已降至零下二十多度，鹿肉不虞变坏，鹿的内脏，鹿头和鹿皮，就任由堆在车库中雪地上。因为我太累了。

我饥寒交迫，回到家中，把火鸡弄热，点上红烛，家中就有点圣诞的气氛。火鸡烤得恰到好处，充满鲜汁，壁炉中柴火熊熊，噼啪作声，满室温暖。我倒了一杯威士忌，加几片冰，就是很好的圣诞节饮品，室外北风声如牛吼，雪花击窗。我悠然自适，庆幸不曾跟随邻人撤退，天色已晚，该是吃圣诞节大餐的时候，我不知邻人在收容所有无圣诞火鸡可吃？

我渐渐进入梦乡，正蒙眬间，突然听到长剑的怒吼声，发自车库。我知道有野兽光临了，立即持枪出门。风雪袭人，我拉好帽子，走向车库，在雪光掩映中，一对青绿色的兽眼正瞪着我。我立即举起猎枪瞄准它，它并没有实时扑过来，我也没有实时开枪，我们对峙着。我终于认出来了，它就是那头被我用捕兽机夹着而挣扎跑脱的公狼。

现在，捕兽机没有了，左腿也没有了，难道它把自己的左腿咬断？这家伙可算够狠心了。

我现在要杀它，太容易了，这家伙吃了我多少只鸡？我真该一枪把它打死，以绝后患。正在踌躇不决间，我往后看，那车库中还有三头小狼。也许是饿疯了，见到我举枪，它们还恋恋不舍吃着鹿的内脏。我忽然记起：今晚正是平安夜，我已吃过圣诞大餐，它们呢？还有，它们的母亲已在不久前死在我的枪下，它们爸爸的一条腿断送在我的捕兽机下，今晚再把它们全家杀尽，不太过分吗？想到此处，我委实杀不下手。

凭我的枪法，可以在几秒钟把它们绝杀。杀，还是不杀？我几度举枪，几度放下。不一会儿，北风稍缓的一瞬间，山下教堂召唤教徒前往做子夜弥撒的钟声由远而近，轻轻传过来。我不是教徒，但基督教义我是了解的，平安夜我已杀鹿，还要杀狼？我回头看一看那头三腿公狼，它青眼凶光已敛，露出凄凉的神色，我轻叹一声，喃喃自语说："天地虽不仁，我不能以万物为刍狗。"我挟枪踏进车库，从横梁解下四片鹿肉，掷向狼群。

我向猎犬长剑发出收队手势，对它轻声说："我们回家吧！"

我从玻璃窗向外望，北风卷着雪花，吹送四头野狼的影子，衔着鹿肉，朝森林走去。教堂的钟声，隐隐随风传来。

# 假婚

王宽下班后，离开印刷厂，驾驶他的“思域”牌老爷小车到唐人街。此行是应“永红移民事务所”女移民顾问朱永红之约。

朱永红开门见山。她是他已辞世两年的妻子云妮的闺中密友，两人以姊妹称呼，故永红问他：“姐夫，云姐过世也有一段时间了，你有想过续弦没有？”

“唔通你想起我死鬼老婆尾注？”王宽问。

“起你个头！我如果当年答应嫁你，早就轮不到云姐了。正经啲。我是关心你收尾几年。”朱永红微笑说。

“你有张好牌带挈我上？”

“我有一个客人，女的。她肯出七万元，找个男人假结婚，你有兴趣吗？”

“真结婚我尚且没有兴趣，收钱假结婚，红姐，你把我看成什么人？”王宽兴致索然。

“前日，我在登打街遇到你的儿子彼得，他告诉我：他已被哈佛大学取录，今秋入学，可是费用还没有着落。他埋怨你对他漠不关心。有这个赚钱的机会，你不应放弃。”

王宽憬然想起彼得向他提过这宗事，当时确曾向银行打听贷款。可是，银行当时贷款主管态度非常恶劣，令他一怒之下，拂袖而行。以后印刷厂工作繁忙，事情放下，就不再跟进。如今朱永红提起，才想自己对此事有点太冷漠，不但愧对儿子，还愧对死去的太太。低下头来，收起嬉皮笑脸的态度说:“红姐，我承认过失。不过，有这条财路，谁不流其口水?为何找上我?”

朱永红怫然说:“哈，你这个人，直把人心当狗肺。不过，这女人有一个条件，假婚就是假婚，不准挂羊头卖狗肉，只能挂夫妻之名不许有夫妻之实。前一个男人就因要财色兼收，要跟她上床，她坚决不肯。以致乌蝇搂马尾，一拍两散。我知你是个担屎唔偷食之人，故而找上阁下。”

谈到这里，王宽开始感到兴趣:“她是个石女吗?”

朱永红红着脸说:“石你个头，她已结婚生女，女儿十八岁，丈夫在大陆做生意，差她来加假结婚，待她得了枫叶咭，跟你离婚，再申请原夫来加复婚。”

“想得好周到。”王宽赞一声，“也不能怪那男人财色兼收。既成夫妻，怎能没有性关系?长期假凤虚凰，被移民局揭破，大家不得了。”

“我也是这样说，可惜这女人太保守，不肯做对不起原夫的事。在他们申请结婚期间，男人要跟她上床，她坚决不肯，那男人愤然取消结婚申请，把七万元退还，我只好另起炉灶，不得不找老朋友来救驾。”

“这驾不易救。”王宽说，“第一，我虽年逾六十，但仍是凡人，不能完全禁欲。第二，我不能跟一个我不欢喜的人共处一室，为了七万元，挂羊头卖狗肉。这笔买卖，绝不划算。彼得的钱，我另想办法。”

朱永红满脸不高兴，立即到另一办公室打电话。半个钟头后，她重回对王宽说:“你等一会儿，她想见你。”

四十五分钟后，那女人出现了，蛾眉淡扫，高挑身材，难得的是气质极好，一派大家风范。这位斯文淡雅的五十岁中年妇人大方地向王宽伸出纤纤玉手说:“王先生，我叫傅芬若，幸会了。我是学画的女人，听说王先生从事印刷事业。”

“不！我只是印刷厂技工。没有什么事业，打一份牛工，一肩扛两口——我有一子，需钱读大学，不得不出售婚姻。”

朱永红在旁说：“王先生在印刷厂工作多年，已是副经理。而且平日对中国文学认识甚深，博学多才，是我们朋友中的国文老师，与画家傅老师结合，珠联璧合，希望王先生怜香惜玉，共结良缘。”

傅芬若眼中也流露出冀望的神色。王宽心中一软，勉强点头，轻声说：“假凤虚凰非我所愿，但如果我在外找女朋友，也请傅小姐见谅。为免移民局见疑，我们不能不住在同一屋檐下。舍下是东区唐人街一幢老式小旧屋，我居二楼，我儿居三楼，厨厕齐备。如今他往美读大学，三楼空出来可供傅小姐使用。最好是各自生活，不必互相迁就。”

朱永红向傅芬若说：“好，难得王先生拔刀相助，你就每月另付三楼租金吧。王先生是言而有信的人，他决不会乘人之危。你放心，一言为定，明天你交钱。后天到婚姻处注册，你的居留问题算解决了。”她低笑附耳说：“其实，我想把王宽留给我自己，现在算是借给你。有你着数。三年后还我。”

王宽在出门时和傅芬若握手轻声说：“三年为期，到期你不离我，我也要离你，君子一言。”

× × × ×

手续办妥，傅芬若携简单行李搬进东区唐人街王宽家中三楼，彼得留下的厨具，都归她使用，她不需添置。第一天，朱永红邀请新婚夫妇到唐人街吃饭，替他们庆祝新婚好日子。几碟小菜，一支红酒，吃饭时傅芬若有点忸怩，举杯时红着脸庞说：“王生，谢谢你伸出援手，助我渡过难关。”

王宽微笑道：“我们现在是夫妇了，各取所需，不必言谢。

我是个粗人，请你多包涵，称王生太生分了，叫我宽哥吧，我虚长你十多年，兄妹相称不算过分吧。”

朱永红在旁笑道：“你们两人客客气气，可谓相敬如宾，希望将来一直和气，不需我这红娘出马劝和。”

吃完饭，王宽用思域老爷车载新婚妻子回家。登上二楼，王宽止步说：“阿芬，你独自上楼吧，新婚首夕，照例丈夫需抱妻子上床，我担心管不住自己，破坏君子协定。”

傅芬若不胜羞惭地说：“朱小姐说你是君子，你一定管得住自己。你不是那种人。这样也好，我对你更放心。”

傅芬若睡在三楼，早早上床。婚姻有了着落，王宽又答应不强迫她上床，心中一宽，连日来焦躁烦恼至此放下心头大石，写信给国内的前夫，报告一切发生经过，然后美美地睡一觉。

天亮，她被烟肉煎蛋和咖啡的香味唤醒，匆匆起来洗盥，已经听到车库打火声，她从楼窗望去，思域车正退到街上，绝尘而去。

她下楼到大门前打扫落叶，左右邻人晓得她是王宽续弦妻子，都称她“王太”。他们都称赞王宽是好人，乐于助人，邻里相处和睦。她知道自己不是真正的“王太”，但假丈夫得人称颂，她仍心喜，后便步到东区唐人街买点菜。黄昏，王宽下班，正要做晚饭，傅芬若邀他到三楼。西洋菜肉片汤，金针云耳蒸鸡，豉椒排骨，牛肉菠菜，清清几味，十分可口，王宽吃得很多。妻子云妮过世后，他的晚餐总是买点烧味，或是一个饭盒，此夜吃到真正住家饭，很合肠胃，便提议“搭餐”，抵偿三楼房租，他那“各自为活”的诺言便取消了。过了两年的寡佬生活，他现在才真正知道家中少不了一个主妇。他对她开始另眼相看。不过，仍然常常警醒自己，不要一厢情愿，她是别人妻子。

有一天，电机跳掣。傅芬若知道总电掣箱在地库，她到地库找出跳掣拨回，意外地发现他的书房设在地库。缥缃万轴，藏书之多比得上一个小型图书馆，她才知道朱永红说他是朋友们的国文老师，并未言过其实。

加拿大天气四季分明，春天、夏天都过得很快，满街绿叶很快变红，一霎间秋到人间。那天王宽早下班，见傅芬若正画着一幅吊钟花，纸上的吊钟亭亭玉立，栩栩如生，不禁赞好。她有点不好意思，逊让几句说："前年我到西樵山写生，把吊钟花白描下来，一直心情不佳，今天静下心来，才拿出来慢慢追设色，不料耗时太长，耽误了你的晚餐。"

"晚饭闲事，重要的是这幅吊钟，气韵生动，真是佳作。"王宽很认真地说。她对他的扬誉有知遇之感，大胆说："你说好，就替我题几个字好不好？"

王宽踌躇道："可惜我的字很丑。而且不提毛笔已久，笔重如铁，没的把尊画弄糟。"

她说："我不怕，书法好坏，各有真面目，我欢喜你的拙劣字体。正如你欢喜我的拙劣厨艺，我们扯平。"

他提笔写下十四个字：

"唤醒天涯游子梦，西樵山下一声钟"。

傅芬若情不自禁握着他的手说："朱小姐说你是她朋友中的国文老师，真是实至名归，可惜我们只是假凤虚凰。不然，我太幸运了。"

他只是逊虚微笑。他心中也是这样想，但说不出口。

× × × ×

加拿大劳动节，王宽趁厂中休假四天，带傅芬若参加旅行团到看枫胜地苏圣玛利看枫写生。那是三天旅程，由于他们夫妇关系已在唐人街人所共知，导游自然安排同宿一室。晚饭后进房，他看出她有不安的神色，便让她一人睡在双人床上，独自蜷缩在双人沙发椅上入睡。由于舟车劳顿，他很快鼾声大作。她觉得便宜占得太多了，辗转不能熟睡，不时担心他睡得不好，起身替他盖被。接近天亮时，她听到他用英文说梦呓：“云妮，你等等我，我太需要你。”她自知假凤虚凰，要一个正常的男人长期禁欲，未免太残酷了。

她返回床上，心潮澎湃，她向自己说：“老天，我该怎样做呀？其实，我也需要男人啊！我也是一个正常的女人。我这样禁欲，我丈夫晓得吗？他也在家中为我禁欲吗？”

老天没有给她答案，她眼在流泪，心在滴血。西风扫过落叶，在窗外萧萧作响。

天亮，团员登上登山火车，团友们二人一座，天气转冷。情侣们和夫妇们都穿上冬褛，依偎在一起。傅芬若也偎在王宽怀中，夹杂着古龙水的男人体臭，一阵阵使她感到晕眩。她不知道是好受还是难受，她只希望这气味不断延续下去。

可惜过了不久，列车员送上午餐，大家不得不正襟危坐，一本正经吃餐。对食物她觉得一点不饿，她饿的是王宽的男人气息。车抵山顶，团员纷纷下车自由活动。她这趟旅行原是为了对红叶写生，现在，她失魂落魄地展开画架，拿起画笔，却写不下去。王宽看出她心神不属，还以为她抵不住山间的严寒，把身上羽绒褛除下来给她披上。天空飘着雪花，傅芬若来自南中国，何曾见过这种场面，手指都冻僵了，王宽只好匆匆扶她回车厢取暖。

火车沿原路下山，回到旅店，芬若不吃晚饭，只开了一池热水浸一个澡浴。王宽饭后回房，见她拥衾熟睡，悄悄沐浴，依然睡到沙发椅上。睡到夜半，王宽被芬若唤醒，芬若微微的体香气味从中式睡衣散发出来，她只说：“走，上我们的床。”

“我们的床？床是你的。”王宽不肯听话，赖着沙发背靠，“你疯了，你要我打破君子协定？”

“不！暖气不足，你会生病，我说是我们的，就是我们的，你上来，你是君子，我信你。”她伸手拖他上床。她钻进被窝，双手拥抱他身体取暖，软玉温香，使他难以自持。王宽只好翻过身子背向她，双手蒙脸，艰难地咽着口沫说：“请你不要害我。”

她吹气如兰，向他耳边说：“宽哥，我可以说一声我爱你吗？”

“不！你不可以，你要忠于原夫，你有约和他复婚。我不希望你将来后悔，我更担心分手时受不了。而且，对那位向你退钱的人也不公平。”

“你为我而长期禁欲，更不公平。我难过。”

“不必难过，云妮死后，我有过性伴侣。只是，你归我家后，我告诉她我已再婚，不能再续前缘。我不喜欢被人指指点点。”

“她是谁？是朱小姐？我妒忌她。”

“我才更妒忌你原夫呢。有你这样的妻子，他禁欲也值得。”他深深吸一口气，翻过身来拍拍她的玉背，“睡吧，不要难过，收了你的钱，我必须付出代价。芬若，善侍夫子，无有异心。”

她静静聆听掠过楼角的霜风，不时发出凄婉的叹息声。

× × × ×

朱永红按照步骤替傅芬若取得永久居留权，把枫叶咭弄到手中，再申请工作证和医疗证，一切顺利，历时半年。圣诞假期，彼得回加度岁，住到地库。傅芬若不好意思鹊巢鸠占，加以久别家乡，思家情切，买了便宜机票，飞回故乡南海探亲。

王宽驾车送她到机场。入闸前，她有点依依不舍，拥抱他说："我一走，没有人替你做晚餐，我真不算好妻子。"

"不，对你原夫而言，你是难以企及的好妻子，我福薄，遇你太迟了。回家好好侍奉他，别忘记，我只是你名义上的丈夫。"

她潸然泪下，把他抱得更紧："我舍不得离开你，你是好人，世上好人不多。我不在跟前，你要保重，世上少了你，我不想继续做人。"然后拭去泪痕，踉踉跄跄走到安检站。通过安检后，她必须上机，但是，她感觉到有一条无形的绳子，牵引着她，使她屡屡回头望他，不能自已。

看着她转入登机口，他转身往回走，正迈出几步，忽然感觉到有人从身后拉扯他的冬褛，他回转一看，一个带泪的苍白的嘴唇，贴上他的脸庞，她呜咽着说："我走不成了。我宁愿做你的妻子算了。"

他一时间茫然手足无措，紧抱着她，定一定神，才用抖颤着的手指，替她拭泪，轻轻说："傻妹，你怎能令家人失望，你原夫，你女儿，都望你依照原定计划执行，你怎能抛弃他们？"

"我残酷，我过分，我不知如何是好。我妒忌你再找性伴侣。"她嗫嚅说。

他牵引着她走回安检站，拍拍她肩膀，温柔地说："曾经沧海难为水，谁还可以做我的性伴侣？你放心，我等你完成复婚后才再找别人。"

× × × ×

圣诞节前夕，天气奇寒，天色如铅，大雪纷飞。朱永红电约王宽到 Royal York 旅店吃圣诞大餐，参加圣诞舞会。王宽心绪不佳，不肯应邀赴约，但经不起朱永红黄昏亲自登门拉拉扯扯，他勉为其难，上了朱永红的车子。

Royal York 是多伦多最有名的旅店，古老高贵，火树银花，气派非凡。圣诞大餐主菜是奶油龙虾、烟焗火鸡，但在王宽眼中，还比不上傅芬若在家中所烧的西洋菜肉片汤和金针云耳蒸鸡合胃口。他只草草吃了一半，便放下刀叉，芬芳的香槟酒只呷了几口，眼看朱永红杯到酒空，他奇怪她有如此好酒量，而自己却兴致不高。他不知道傅芬若在南海家中如何度过圣诞前夕，是否也有奶油龙虾和烟焗火鸡？是否酒到杯空？他暗暗处喃喃自语："芬若，我要西洋菜汤和蒸鸡。你几时回来烧给我吃？"圣诞舞会在鬓香衣香中展开，仕女如云，歌舞声喧。在翩翩起舞时，朱永红艳光四射，粉脂交融，起舞时红唇如火，接近他紧闭的嘴唇。但他只想起参加红叶团晚上傅芬若睡中传来淡淡的体香和她登机时那带泪苍白的嘴唇。对朱永红的兴高采烈，视若无睹。

朱永红在舞罢小休时问他："老实人，假婚以来，你真的没有碰过芬若？"

"碰过，同处一室，怎能没有碰手碰脚？"王宽老老实实回答。

"傻佬，我的意思是问你有冇食咗芬若只车？"朱永红不好意思说得太露骨。

"我点敢食只车？有马炮睇（监视）到实。你不是声明不许挂羊头卖狗肉吗？"

朱永红点点头说："算你有口齿，你真是担屎唔偷食。"她忽然赧然低声说："圣诞前夕，你不妨偷食。芬若不在，无人晓得。"

王宽摇摇头说："担屎与否，概不偷食。"

朱永红嗒然若丧，开车送他回家。

傅芬若一去无音信，王宽家中电话寂然，漫长的冬季终于缓缓地过去了。春节过去了，多伦多迎来复活节，耶稣受难节日，王宽不用上班，待在家中，百无聊赖。电话铃出其不意响起来:“宽哥，我回来了。”那听惯了的柔和纯女人声，使他精神大振。

“芬若，你好吗？”王宽忘其所以地高声问她。

“我好，好极了。”电话那一头传来欢快的响声，“我好到可以做你的老婆，百分之一百的老婆。明晚7时到卑亚逊2号机楼接我。我整个人都属于你。”这句话使他一夜无眠，辗转反侧，心痒难煞。

王宽心猿意马，一早起来，他到唐人街选购一床红艳艳的棉被和枕套。黄昏时刻，早早开车到2号机楼，不断看表。直至7时，傅芬若像天仙般从机场口出现，纯白上衣衬以黑色长裙，姗姗推着简单的行李，满脸泪痕。看见王宽，把行李车放过一边，飞扑向他，高声叫:“老公！”然后把泪痕贴到他的脸颊。

王宽携过行李，扶她登车，听她诉说回到故乡的经过:

“我真是个大傻瓜，我在加拿大假结婚，办移民。花尽心思，耗尽金钱，赔尽笑脸，原意是替他们父女两人打通移民之路。不料回家一看，丈夫身边不只已有女人，而且还生了儿子。原来，我在中国时，他们已经搅在一处，只碍着我是拦路虎，一招假离婚把我撵走。我前足出国，那女人后足进门，他做生意赚大钱，把女儿收买过去，嫁给他的心腹。把我瞒得滴水不漏，枉我坚持假凤虚凰，他们父女夜夜春宵，你看我傻不傻？所以我在电话中大声告诉你，我要做你百分之百的老婆……”

王宽飞快把车驶回家去。刚进家门，傅芬若无限娇柔地攀着王宽的颈项说:“我想你想得好苦，我现在是你真正的新娘，你要抱我上床。古人说：女为悦己者容，这个容字在今晚的解读不只是美容的容，更是容纳的容……”

王宽说不出话，只觉得寒冷的北国，忽然东风骀荡，一角小楼，触目皆春。

# 郎归晚

劳均望一望卢廉若花园壁上的斜阳，自言自语道："够钟了，第一天开工就迟到，给人一个坏印象，就做不长了。"接着，他把香烟捻熄，沿着贾伯乐提督街往三盏灯方向走去。

这是上世纪 50 年代初期一个夏天的黄昏。南风吹拂，天气还不算太热。路也不远，转过三盏灯，向竹林寺走去，远远就听到卖武档的锣鼓声。

卖武档就设在竹林寺前连胜马路侧一片空地，红红绿绿的镶边绸旗，在南风中缓缓飘着。旗子中央绣着一个绝大的"袁"字，这袁字正表明这个卖武档口是属于师傅袁平波。袁平波在抗战胜利后走的是田基路线，卖武并卖跌打刀伤药，武艺高强，声威远播，生意很好。可惜好景不长，1949 年国民政府兵败如山倒，带着残兵败将，跑到新从日本人手中收复的台湾岛，新政权认为国府遗下的散兵游勇太多，对于各型各类的江湖卖艺者，怀疑有坏分子藏匿其间，严加取缔。于是，袁平波不得不跑到澳门开档，一面静观风色，以谋后计，一面招兵买马，招揽一些奇才异能之士为助手，增加号召力。劳均有一位从前在抗战时结识的朋友李柰，在《精华报》当编辑，把他介绍给袁平波，便在这时期，答应到他的旗下当助手。

劳均一到，伙计们便落力打锣敲鼓，他们都把希望放到这个新伙计身上。因为近来卖武档多了，相较之下，袁档没有什么新把戏，老一套的"心口碎大石""虎鹤双形拳"等都被街坊看厌了。看艺者给钱少了，买跌打药的人也少了。听闻师傅找来了新助手，一定可以和其他档口一较高下。袁平波于是站出来，高声说：“伙计慢打锣，打得锣多锣吵耳，打得鼓多夜又长。各位街坊，都想睇新武功，今日我地新聘劳师傅，耍两手绝技给街坊欣赏下。”

劳均闻言，把薄绸短打上衣一拉，脱却下来，抛到一旁，身上只穿笠衫，露出古铜色的皮肤。他把腰间绉纱带扎紧，拱一拱手，说声“献丑”。小伙计便抬出一座刀架，刀架上一个圆形铁圈，圈中镶有八把锋利刀子，围成一个仅容一个人身穿过的空洞。劳均走过去，度一度高度，再把两腿裤管用松紧带子扎紧，倒退十余步，把手一招，在喧天的锣鼓声中，他飞步向前，伸直双手，箭也似的从刀洞中飞过，毛发无损地转过身来，脸不红，气不喘，微笑着向看众微笑拱手。围成一个圆形的看众，立刻爆出几条街都听得到的喝彩声、赞叹声、拍掌声。

小伙计立即拿出小筲箕，街坊们接连把钱抛到筲箕中，连带买跌打酒、刀伤油、牙痛油、蚊叮虫咬药膏的人，都纷纷围过来，霎时间，造成一片热闹。

热闹渐渐减退，劳均便打出一式手势，小伙计递过一个“丫叉”来。丫叉是珠江三角洲儿童们的普遍玩具。一般是利用一小橛分叉的树枝，两边各扎上一条富有弹力的橡皮筋，中间绑上一片牛皮，射击物多为小石子，可以射果子，可以射鸟，甚至可以射人。劳均所使用的丫叉比一般儿童所玩的较大，树木是坚硬的番石榴木，橡皮筋是坚强有力的牛筋，射击物是儿童常玩的波子。小伙计在晚风中放出一只小纸鸢，鸢纸上涂了一个鸡蛋大小的红点，斜阳倒映下，石子路上印上一个随风移动淡淡的影子。劳均戴上一顶鸭舌帽子，帽子帽檐很长，不能仰视，只能俯视。他把丫叉安上波子，俯首看着地上的影子，向上仰射，“呼”的一声，波子射出，正好击中飘动中的纸鸢，小伙计把鸢子收下，仔细一看，鸢子上的红点，被波子射个正着。

这一手所获得的喝彩声不似飞身穿过刀洞时响亮，但孩子们都知道，用丫叉射中飘动中的鸢子是极其困难的，何况是射中鸢子上的小红点？他们都一致把小手掌拍得通红，衷心佩服，异口同声称劳均是“丫叉王”。

袁平波对今天的生意大为满意，下令收档。这时，站在一旁看热闹的一对父女，便接力登场。这对父女每天黄昏都到竹林寺卖唱，女儿是个十八九岁的姑娘，头上梳着一条粗大的长辫子，她唱的是当时最流行的《郎归晚》。

《郎归晚》的底曲是广东音乐《流水行云》谱成的。曲词：

“郎归晚，共君诀别谁料太变幻。自嗟叹，尤悲上苍妒红颜。血泪落满衫，似万千箭穿心间，恨君去，恨君太晚还……”

拉二胡的是父亲，指法很好，女儿唱得也不错。一曲既终，掌声不少，一些阿伯、阿婆，都拿出几毫钱，投进箩箕中。劳均尚未跟随卖武档收队，他站在一旁观看，《郎归晚》唱罢，小姑娘又唱《西厢待月》，这回她唱的是平喉。

“在西厢，漫无聊，满腔惆怅……”几句倒板，唱得似模似样。接着，便开始唱中板：“夜沉沉，人寂静，望穷秋水，还不见嫦娥仙女，下落……”更是有板有眼，中规中矩，使得劳均颇有好感。他便不再走开，直至收档，他走过来，向那父女打个招呼：“唱得好，听出耳油。”接着向二人请教姓氏，那父亲谦虚地拱手还礼微笑道：“见笑见笑，太过奖了，我名樊藻，小女名樊素，原籍鹤山，因为逃避内战，流落澳门。刚才看见劳师傅的真功夫，真是大开眼界。敢问劳师傅是盛乡人？”

劳均告诉他，他是新宁（台山）人，父亲早逝，由祖父抚养成人。祖父是粤剧戏班中的龙虎武师，也是乐师，参加过同盟会，同时又是美国堂口中的斧头仔杀手（暗杀令的执行人），由祖父传授他一身武艺和粤乐。抗战胜利后，携他回乡，不料解放战争终结，国败共胜，土改运动中，祖父被打成反革命，被镇压了，他只能偷偷离开故乡，偷渡到澳门。刚巧袁平波招揽武师，才有栖身之地，今天相见，真有同病相怜之感。谈得投契，一同到街边大排档吃晚饭，虽是萝卜煮猪大肠、蕹菜烧鸭红，但同是天涯沦落人，谈话亲切。说起来既是五邑乡里，更是粤澳两地的交通工具花尾大渡，旅客渐少，便停业“湾水”，停泊在沙梨头海面，分租给租不起房屋的人居住，两家都住在同一条船上，只是上下层之分。从那天开始，劳均天天和樊家父女一同到街头卖艺，渐渐稔熟，有时卖武档较早收档，劳均便拿出乐器陪奏。劳均曾跟随祖父在戏班奏乐，无论唢呐、笛子、秦琴、三弦，都很娴熟，特别是笛子吹得出神入化，能模仿多种鸟鸣，极得街坊欢心。这样，樊家的档口生意渐有上进。袁平波虽不干涉，但心中不无妒意。

一天，卖武档子收档，劳均照常到樊家档口伴奏，樊素照常唱《郎归晚》。刚好唱罢，街上走出三条大汉，其中为首一人，带头鼓掌，往小筲箕掷下几张钞票，哈哈笑道：“小姑娘，唱得好极了，不过，我想听听另一支《流水行云》，你肯唱，我给你廿皮。”樊藻笑问：“不知先生想听哪一支？小女如果会唱，一定向先生讨教。”

那大汉又哈哈大笑道：“我想听的叫《同娇瞓》，呢支歌香艳极了。”樊藻一脸茫然说：“小女委实不懂新曲，无法应命。”那大汉说：“她不懂，我懂，待我点你两手，担保一教就晓。”接着便扯开豆沙喉唱道：“同娇瞓，共娇过夜情实有限，了结相思债，扶娇玉体上床临，我爱你系最深，既系恩爱要熄灯，

既系恩爱要熄灯，共娇你，共把快乐寻。人人已瞓，娇呀你咪瞓，共娇你，共把快乐寻……”

劳均在戏班中，早已知道这是一支出淫曲，当他听到那大汉唱到此处时，已是忍耐不住，霍一声站起来，高声说：“呢位先生，你向一位小姑娘唱淫曲，请问想点？”

那大汉再哈哈笑道：“冇想点，听人唱流水行云，唱得咁过瘾，我亦想唱番几句凑吓兴啣，不想听，好，我唱第二支，担保唔淫，呢支是走马英雄，嗱，满身湿毒又痕又痛，重含住一泡脓，摸亲佢就会穿窿，摸亲佢就会穿窿……”唱到这里，向劳均说：“劳师傅，好听啩，唔淫啩。”劳均知道此人有意踢馆，拱手说：“兄弟与樊家父女潦倒江湖，只想向街坊乞两个小钱过活，还望老兄高抬贵手，放过我地。”大汉笑道：“劳师傅乜咁客气？不过，呢个环头一向是我地班兄弟活动之处，如今小姑娘在此献技，对兄弟生计不无影响，兄弟想请劳师傅饮杯水酒，倾个两全其美方法，今晚 8 时，到青草街好景楼一叙如何？”劳均为要息事宁人，只好点头答应。

晚上 8 时，劳均单身到好景楼，早有女招待带引他到一个房间。房中设一筵席，席上主位坐着一位西装友，那大汉一见劳均进房，便向西装友介绍：“黄大哥，这位是旧金山堂口有名的斧头仔劳勤的乖孙，又是新宁神枪手。”又转身向劳均介绍：“黄大哥黄伦，正想借重均哥。”黄伦伸手与劳均相握，说：“令祖斧头仔威震北美洲，均哥肯定尽得真传。肯来帮手，欢迎之至。”劳均谦逊道：“兄弟只是武牛一只，人离乡贱。搵朝唔得晚，而且，身在袁平波班中任职，如有进退，也需袁先生点头。”黄大哥摇手道：“我和老袁好老友，调动伙计是一句话的事，俗语有云：鱼唔过塘唔肥。至于樊家唱档，任其搵食可也。吩咐伙计不许相扰。”

劳均问道："请问有何任务需要小弟效劳？"

黄伦低声说："此事呢度讲呢度散，韩战爆发后，联合国对大陆禁运，大陆对一些药物和某些战略物资略呈紧张，需要绕过第七舰队和英、葡势力，才可运进内地。美、英、葡联手阻塞漏洞，其中一部分路线的阻塞任务，落在我们身上。均哥是珠三角人，水乡路线了如指掌，加以令祖一世英雄，含冤而死，更应为祖复仇。我们合作，一举两得。均哥谅不会托手踭吧。"

劳均有点踌躇说："江湖上英雄好汉多得很，何以找到小弟来？"

黄伦说："均哥是名驰北美的斧头仔劳勤的乖孙，当然尽得令祖真传。斧头仔当年纵横堂口，港澳江湖老叔父口耳相传，黄某亦曾听过，斧头的好处在于杀人无声，不似手枪有声。何况你枪法精湛，故此非借重不可，均哥万勿推辞为盼。"

劳均想起祖父临终时执手相诫说："均仔，现在已非我当年，我传你功夫，只好用于自卫，不可谋求富贵。我当年加入同盟会，是膺服孙中山先生，不是胡乱杀人，我死后，你应自重。"心想：跟随黄伦，岂非对祖父背叛？便微笑道："此事请容我考虑几天才答复大哥。"

"好！我等你，这是定银。"黄伦拿出五十张廿元葡币。

× × × ×

回到沙梨头花尾大渡上，迎面见樊素满面泪痕向他说："均哥，爸爸刚才口吐鲜血，我扶他到镜湖医院急诊部，医生说那是急性胃出血，需要开刀，我哪里有钱做手术？正急得要想跳海。"

劳均自从和樊家父女伴奏以来，已是亲如家人，便安慰她说："不要焦急，你爸爸就是我爸爸，让我想个办法筹钱。"

樊素忧形于色道："均哥，你和我们一样穷，哪里来的钱？"

劳均突然想起黄伦的邀请，便把席上所谈告诉她，樊素略显宽怀。劳均要陪她到镜湖医院见见樊藻，告诉他医药费用有着落，好教他安心接受手术。不料，樊藻的病情突然急转直下，多种器官已呈衰竭状态，躺在病床上奄奄一息，医生宣告无望，吩咐家人需有心理准备。二人站在病床前，樊藻吃力地向劳均拱手说："我不行了。原想病愈把小女许配给你，现在来不及了。趁我还能说话，就把她托付给你，困难中你们不要举行什么仪式，找李荼先生当证婚人，成为夫妻便算。"放下双手，已是喘成一团。樊素除了痛哭，一句话都说不出来。

半夜里，樊藻便断了气。樊家是居澳难民，没有亲友，后事由劳均奔走。劳均求助无门，全靠黄伦的钱，把后事办妥，把樊藻埋葬在西洋坟场。在购买坟地时，樊素要求多买一穴地，她一面哭一面说："均哥，中国将来可能收回澳门，我绝不再逃难了，我不知命终何时，做鬼，就让我到地下服侍爸爸吧。"劳均也无限凄惶地说："如此说来，我也该留一穴给自己。瓦罐不离井边破，受了黄伦的钱，我也不知命终何时，让我也到地下陪你吧。"

× × × ×

三七过后，樊素除服，退了她的住房，搬进劳均房中。洞房之夕，没有花轿，没有喜宴，没有宾客，新房中只燃着一对红烛，烛光烨烨，映红了沙梨头一片海水。劳均只有一位名唤李荼的朋友，在抗战军中和他共过患难，他在青草街《精华报》工作。二人虽穷，仍是保持来往，介绍劳均到袁平波武档做助手的人，便是他。他请假数小时，来喝劳均的喜酒。李荼带来一樽玉冰烧，一方烧肉，半边烧鸭为礼。他向樊素打趣道："阿嫂，大喜大喜。"她涨红着脸说："糊里糊涂成伉俪（这是抗战时人们简约结婚的口头禅），何喜可言？"她把烧味接过，斩好放在搪瓷盘子盛着。三人吃喝起来。樊素说:“李先生，谢谢你到场做我们的证婚人。免得将来有人嘲笑我们只是同居。”李夵是个不拘小节的文人，说:“有乜紧要，同居又点？吹咩？”劳均呷半杯酒，抽一口香烟，叹口气说:“呢趟如非收下黄伦那笔钱，一定搅到头大如斗了。”李夵低声说:“黄伦此人你要小心，此人是揾钱不择手段之徒。”樊素也说:“李生冇讲错，无端端送钱咁好死？”劳均说:“船到桥头自然直，唔怕得咁多。”谈了半夜，李夵告辞:“春宵一刻值千金，唔阻你地履行职务了，我也要上班了。”

半个月后，黄伦召见劳均，给他一张次日晚间“大来轮”船票，一张照片，说:“此人名郭新，五十余岁，负责采购与运输禁运药物和器材到内地的人。”再将背景告诉他:“他来自旧金山，精通英语，思想左倾，故替中共奔走，万勿放过。”

劳均接到任务，并不告诉樊素与李夵，把斧头仔藏进绉纱腰带中，午夜由16号码头登上大来轮，住进西餐房。不久，轮船起航，人声渐稀，船至公海，他偷偷地找到郭新的舱房，轻轻敲门。

“边个？”房内问。

“船上侍仔，送茶水。”劳均答。房门一开，立即闪进，进后反手把房门上锁。

“茶水呢？”郭新问。劳均拿出照片，打个照面，果然是郭新。“你就是郭先生？有件事想向你请教。”

郭新感到惶惑，开始恐惧，嗫嚅道:“……请你问吧。”

“你为什么要帮中共购入盘尼西林和军用物资？”

“在朝鲜战争中，我不忍见中国人在沙场受伤得不到医治而死。这种打法不公平。与当年中日之战一样。”

“你是党员？”

“不，我只是中国人。”

劳均从腰带取出小斧，在黯淡房灯下，小斧光芒夺目，“你来自旧金山，认得斧头仔吗？见过斧头仔此人吗？”

“斧头仔？”郭新骇然不知所措，喃喃地说，“未见过，但听过斧头仔的威名。”

“我就是斧头仔劳勤的孙子。”劳均从台上拿起一张《精华报》，轻轻往斧刃一揩，报纸裂成两片，“有人要我杀你，如果我动手，谅你也逃不出一条性命。”

“那……那……那你为何不动手？”郭新软瘫在椅上，面如土色，心中自知今天是毙命之日了。接着，他挺一挺腰：“我自知绝不是你对手，你出手吧……”

“好，你有种。我不杀有种之人。抗日时我是国军狙击手，现在，我不想再杀中国人。我们中国人互杀太多了，是停手的时候了。”劳均长长地叹口气，“我爷爷被镇压，他吩咐我逃亡，但不许我复仇。我由内地逃到澳门，只为留命。不为复仇。我今夜无意要你为我爷填命。”

“多谢不杀之恩。那你如何复命？”郭新回过气来，开始为劳均着想。

劳均说：“我想办法借钱还他。我决不做那拆烂污的事。”

“你可以到我们这边来，替我们护航。我们绝不亏待你。”郭新给他一千元，“你把钱还他，他们就不会难为你。”

他把舱门轻轻掩上，到香港上船，再回澳门。

劳均第二天把钱还给黄伦，只说：“黄大哥，那人是我祖父在旧金山的熟朋友，我杀不下手。这份工作对我不合适，你还是另请高明吧。”黄伦知道劳均不是一个见钱眼开的人，满面笑容地把他送出门口。

劳均于是转而替郭新工作，起初，他跟随郭新的渔船出入澳门十字门水域。抗战时他转战珠江水乡，熟悉那一带水域。他替郭新把药物和器材送到买家地区，第一、二回，颇算顺利。第三次，渔船刚刚离开澳门水域，刚进入公海，便遭遇到一艘悬挂米字旗的海军快艇。扩音器喝令渔船停下受检查，一个穿黄军服留小胡子英国人上船："查军用物资。"

"我们出海打鱼，没有违反公海法例，请别忘记这里是公海，我们不需听命于英国人。"劳均出生加拿大，用流利英语回答。

英国人说："我们执行联合国禁运法。"

"Go to hell。我们是澳门渔民，Fuck United Nation。"劳均右手从腰间拔出左轮，向英国国旗开枪，枪声响起，旗绳射断，英国国旗掉下来。"你下次再骚扰我，我一枪射爆你的狗头。"

英军官回船，船疾驰而去。

× × × ×

三个月后，劳均在香港中环码头登岸，步行到利源东街石板路一带，买点衣裳和化妆品送给新婚妻子。正提着一二袋东西返回码头时，忽然听到一阵警笛声。随即来了一小队警察，领先一人是个英国警官，把行人拦截要搜身。骤不及避，劳均被搜个正着，腰间的小斧头被搜出。那个英国警官把几袋衣料和化妆品拿到一旁检查，一会儿便高高举起一包东西，用半咸不淡的粤语说："不但藏械，而且运毒，呢勾你重唔死？"劳均气得用英语骂他："你这卑鄙的 son of bitch，栽赃嫁祸，睇你将来点死。"于是，推推拉拉，把劳均拘留到警局。

过了几天，英国人把他押解到澳门，交给葡萄牙人。一个葡萄牙官员把他带到一间小房子，又是香烟，又是咖啡，态度和气地说："劳均，我们久知你身手不凡，但是，你一定要投身到我们对方，我们也无法可施。你要知道，我们是得罪不起英、美的。其实，我们可以把你递解到台湾，台方把你看成共特，对你是死路一条。现在我们给你一条生路：南美洲巴西有一位大富豪，需要一位保镖高手，保护他家小安全。你到那里，谁都动不了你。他给你薪俸，你可以寄钱养活妻子，唯一的限制是不能回澳门。你如答应，后天有轮船由港往巴西，我们押解你到港上船。起程前我们可以让你夫妻见一面。”

劳均打电话到《精华报》找到李杰，告知经过，李杰下班后把樊素接到劳均身边。劳均望着樊素憔悴的脸庞说：“我得罪了人，不得不离开你，恩爱夫妻不到头，算了，我走后，你另找伴侣吧。”

樊素哭得肝肠寸断，摇头说：“那人隔得开我们的身，隔不开我们的心。我会在澳门挨下去，等你回来，即使我短命等不到，魂魄也会站在松山之巅，向海天远处，看你归来。你放心，我不改嫁。”

劳均也泪下如雨说：“你等我，我也等你，我更等着看米字旗从中国的领土上降下。”

× × × ×

到了巴西东岸比林港，劳均才知道他的职业是替亚马逊河一个大富豪当保镖。职业虽有风险，但劳均身手了得，屡次使富豪毫发无损，巴西富豪对他十分倚重，薪给优厚。每一个星期，他收到樊素一封信，知道她以黏火柴盒为活，节衣缩食，为了积钱要择新桥区买房子。也知道老友李杰任职的《精华报》倒闭了，他转到《华侨报》工作。巴西女子热情如火，加之崇拜英雄，劳均身手被当地报章广为渲染，使他成为女孩子追求对象，但他常常向自己警告：澳门沙梨头一艘旧船上，有一个梳辫的女人，天天等他回来，他不能令她空等。

数年后，忽然有一个星期收不到樊素的信。起初以为她病了，稍后，他收到李㭉的电报，才知道澳门遭遇一场大台风侵袭，停泊在沙梨头海傍的旧花尾大渡，在夜中沉没。樊素来不及逃生，溺毙海中，由李㭉办理后事，把她葬在西洋坟场，她父亲樊藻墓穴之旁。劳均得信，整个人呆了，伤心至极。妻子丧生，使他回澳团聚的美梦破碎无遗。他悔恨开罪英国人，以致滞留巴西，设想如果他身在澳门，以自己的身手，一定可以救她出险境。樊素之死，使他有"百身莫赎"之感，更使他对英国人痛恨于心。

幸而消息传来，中国要收回香港。李㭉把一个1997年倒数的日钟寄给他，他每天都看倒数钟，等着看到英国国旗从香港降下。但他格于葡澳势力，不能回到澳门。

巴西富豪知道他的心愿，而且眼见劳均为他服务了大半生，渐近衰老，1997年夏天，富豪陪同劳均到香港。7月1日，他们一同到场，观看香港回到中国的典礼。当苏均看到米字旗缓缓降下时，泪流满脸，跪倒在地，喃喃自语："素素，英国人终于要滚蛋了，你在天上看见吗？"

1999年年终前，葡萄牙旗也从澳门降下，劳均向巴西富豪辞职，名正言顺回到澳门。李㭉已老态龙钟，退休在家。他带领劳均到西洋坟场，当他看到墓碑大书"爱妻樊素之墓"六个大字时，泣不可抑，大力拍打石碑，声嘶力竭叫："素素，我回来了。你看见吗？"他听不到回音。

骄阳如火，西洋坟场一片寂静，只有微微的西风，掠过树梢，萧萧作响。

劳均用钱在新桥区买了一个小单位住下，闲暇之余，走访竹林寺附近每一条街。卖武锣鼓声没有了，卖唱弦索声也没有了。竹林寺的老竹，青翠如旧。澳门的少女少妇，发型改了，樊素当年梳的大松辫，不再流行，偶然看见有人梳大松辫，他锲而不舍追过去，看看是否樊素复活，可惜每次都令他嗒然若丧。

他怀念在新桥时与樊家父女拍和卖唱的日子，最令他难忘的是樊素唱《郎归晚》的曲子。她那幽怨的歌声，腼腆的神态，深深地镌刻在他的心头。他走遍整个澳门杂架摊，看看能否买到古旧的唱碟，其中只有卡式录音带中录有《郎归晚》一曲。最后，终于在一家旧书铺中找到一盒尘封已久的录音带，中有一个名不见经传女歌星唱《郎归晚》，他不惜重价买下那盒带子，再花钱制成光盘，配上一个可以随身携带的小唱机，每天走到坟场对着樊素的坟头轻声播放《郎归晚》。

一个凄风苦雨的黄昏，闲居家中的李柰，接到警察的电话告诉他，一个名劳均的老翁，晕倒在西洋坟场一个坟墓草地上，劳均身上有李柰的名片，名片上有他的电话。李柰雇车赶到医院，劳均已不治弃世，最令李柰伤心的是劳均身上的小唱机，仍然播放着那支《郎归晚》的曲子：

“郎归晚，共君诀别谁料太变幻……”

# 老熊河

小飞机越飞越低，终于在一个细小而简陋的机场跑道上降落。

我刚刚步出机舱门，史提芬迎面出现。他热情地叫了一声：“烈声，欢迎你到育空来！”接着，我们二人亲热地拥抱在一起，我笑说：“史提芬，我带来了一箱麦芽威士忌，我们可以好好地喝几杯了。”

机师把我的行李和酒拿出来，我们用手推车推往机场左侧河中停泊着的独木舟，把东西放进。史提芬吩咐机师说：“十月第一个星期一来接他，不要忘了。”

于是，我们上了独木舟，开始划起来。我是新手，笨手笨脚，帮不了大忙，史提芬是老手，划得又快又稳。我们虽是逆流而上，但速度却不慢。两岸的枫树和白杨，已绿叶成荫，在南风中沙沙作响，河岸上小灌木开着小花，惹得蜂蝶纷飞，地上绿草已长，野花如锦。史提芬说：“这就是我告诉你的老熊河，你看，水中的沙文鱼，正开始溯河产卵了。”

两个钟头后，小舟转过一个河湾，右岸出现一所小石屋。史提芬叫道：“到了，这就是我的家。”他步下河滩，把小舟系在一株宝塔松下，领我拎着行李和酒进屋中。小屋用大块山石叠成，石间缝隙间都涂上水泥，屋中墙壁以松木板封好，看上去很温暖。厅中一个大壁炉，炉上吊了一个铁釜。屋子共有两个房，他指着较小的一间说：“这就是你的寝室。”

安顿好了，我们吃午餐，只有面团羹和沙文鱼肉。自然捞捕的沙文鱼，味道比人工养殖的好。饭后，我们喝威士忌，下酒物就是烟熏沙文鱼。于是，我又吃到他手制的烟熏沙文鱼。

三年前，我在多伦多一家印刷厂中工作，与史提芬是同事。他一年只工作三个月，便辞职回乡——加拿大育空地区土著区，明年重来。

一天下午，工厂提早下班。史提芬邀我去酒吧买醉，我同意。到酒吧后，我们二人都不喜啤酒，只喝威士忌加冰。他从午饭匣中拿出一块烟熏沙文鱼，用小刀割了下酒。这是他从育空故乡老熊河带来的，鱼是从河中捕获的，所以颜色较深，鱼味较浓。他亲自腌制，加以枫树木屑烟熏，所以，口味很特殊。我们吃得很开心。他告诉我很多有关老熊河的事，引起我对育空地区的兴趣。几个月后，他辞职回乡。临别时，他邀我到育空他家，尝试加拿大北部远离文明世界的生活。我那时正厌倦都市生活，对他的邀请，一诺无辞。于是，次年春季，便有此行。

次日，史提芬带我到老熊河捕捞沙文鱼。沙文鱼另叫“鲑鱼”，生长于北美洲河溪中，稍长后，从河水带至太平洋，在太平洋海水中长大。这种鱼有一种恋乡的天性，无论游到哪里，越年春天，北国河溪开冰，一定泅回出生地产卵，溯河而上，不避艰危。北方冰消，河溪水浅，河床乱石嶙峋，沙文鱼遭乱石割得遍体鳞伤，它们都百折不回，义无反顾，尽力向前，直至泅到出生河段。即使已是奄奄一息，也一定把鱼卵产下，然后死亡。

史提芬向我说：“烈声，你看，沙文鱼尚且不舍故乡，何况我是人？这就是我年年都回一次育空的原因。钱算得了什么？我不能让沙文鱼笑我，做一个连沙文鱼都不如的人。”史提芬的话，使我低下头来。我这个天涯浪子，离开钓游之地澳门多少年了？一次都没有回去过。我不但不如史提芬，还不如一尾沙文鱼。望着老熊河潺潺的河水，惭愧得说不出话来。史提芬的话，有如一把刀子，一下刺中我的心房。

我们划向上游，河水越来越浅，不少筋疲力尽的沙文鱼在浅水中挣扎。我们张开大网，不一会儿，已有很多大鱼进网。我们把它们拽到岸边草地上，几个钟头，我们已捕捞接近百尾。我们将它们去头开腔，只要鱼身与鱼卵。太阳尚未下山，我们已回到小石屋，把鱼腌渍一晚，明日放进烟熏炉。

我们的晚餐是焗沙文鱼块、煎沙文鱼卵，这些都是在都市餐室中吃不到的菜式。

史提芬是六十多岁的人，身体仍很壮硕，老伴辞世已有多年，单身一人住在石屋中。他是个有白人血统的印第安人，由父亲一代开始，擅制烟熏沙文鱼，在当地小有名气。每年春季，冰消河开，沙文鱼溯河而上时，他便开始制作。每月有小飞机载运他的产品，拿到阿拉斯加，卖给夏季游客。回程时，给他运来柴油、食米、麦粉，和一切必需品。他到多伦多干临时工作，只是为了过一过城市生活。

育空是接近北极圈的地方，地下是冻土，他腌制的烟熏沙文鱼，可以放进地窖去，储藏得好，多月不坏。此外，他还制作沙文鱼干，即使冬季大雪封山，也不致挨饿。冬季，他以陷阱捕捉红狐、猞猁、野兔等小动物，其毛革亦可卖钱。他的收入，应付衣食，绰绰有余。渐渐地，我对这个北方极地，开始发生好感，天天和史提芬去捕鱼。捕鱼技能，我已熟能生巧。有时史提芬进入林中采摘野菇，我单独一人，已可下河捕鱼，而且把鱼开腔去脏，应付自如。

一天，我正在全心全意捕鱼之际，忽然，前头响起野兽的低吼声。我抬起头来一看，原来来了一头比我高大的黑熊。从它发出的低吼声，我知道是山野巨兽向其他动物发出警告，不许再接近它，但尚无发动攻击之意。我吃了一惊。因为当时没有带猎枪，而且，即使带枪，我也不想无故去杀害一头大黑熊。我认为只要对方不向我发动袭击，我就不该滥杀无辜。于是，我放下手中鱼。

黑熊如果要向人发动突击，多会先轻轻摇头的，但是，它没有，只看了我一眼，便低下头来，用右掌向水中一击，一条沙文鱼就飞上河的左岸草丛中。待到积至十多条，它便慢慢地登上河岸，抓起鱼来，有滋有味地吃起来。

我看它对我并无恶意，也就相安无事。日暮，黑熊离开河岸，我也带鱼回家。史提芬回来，我把日间所见相告。他说："你这样做很对，这条河因常常出现老熊而得名，你日间所见的是一头壮熊。这里的壮熊都会替老熊捕食。年老的熊眼睛不行，行动缓慢，捕食困难，多是依赖壮熊觅食，始能生存。"

次日，我们一同去捕鱼，那头黑熊已在河中捕鱼。我们和黑熊在同一条河中捕鱼，它全不理会我们，只是低头捕鱼，不断用手掌拍向河水，沙文鱼纷纷飞上左岸草中。积到它认为足够时，登上河岸，一条又一条，把鱼吃完，便转身而去。南风吹过来，带来它身上的体臭夹杂了鱼的腥味。

过了几天，我又单身去到老熊河，那黑熊又在河中捕鱼，这天它捕了很多沙文鱼。我奇怪它怎能吃得了这么多的鱼，不久，我便找到答案：当它吃饱后，就躺在大石头上晒太阳，捉土拨鼠。不久，来了一头老熊，它行动缓慢，蹒跚地慢慢踱步，满身疤痕，看到草地上那些仍在跃动的活鱼，便毫不客气地吃起来。起初，我以为两熊一定会有一场恶战了，谁知道却不曾发生，风平浪静。黑熊看在眼中，没有动作。稍后，老熊把草地上的鱼吃完，黑熊再下到河中捕鱼，一条一条的鱼，又从河中飞到草地上。老熊继续享用它的午餐，直到吃饱了，然后撑着肚子离开。

那天我没有捕鱼，只采摘很多黑莓回去，把所见告诉史提芬。吃了晚饭，我们坐在壁炉旁喝着威士忌。史提芬点上一根香烟，说:“你是学过历史的人，应该知道，我们的祖先，是从亚洲越过白令海峡，来到北美洲的。我们印第安人都是亚洲人，你和我可能是远亲，所以，我对亚洲人特别有好感。白人只顾自己，我们印第安人的习俗是要照顾老弱。黑熊也一样，黑熊老了，觅食艰难，跑到老熊河一带，生活在这儿的壮熊，负责捕鱼照顾老熊。壮熊老了，成为老熊，再由下一代照顾。”我听来觉得不可思议，摇晃杯中冰块，喝威士忌，问道:“照顾到几时？”

史提芬说:“不能觅食的老熊，已没有多少年了。熊是冬眠动物，老熊如果夏季和秋季摄进脂肪不足，便可能饿死在冬眠穴中。”

史提芬又说:“黑熊好像人类，为了保持它的尊严，不想沦为野狼的食物。当它自知老病侵袭，来日无多，便不再摄食，闪身藏匿在岩石隙缝间，自甘饿死。我到林中采野菇时，不时发现石隙中有一副黑熊毛和骸骨。我们印第安人也是如此，当我们衰颓不堪、恶疾缠身之余，而下一代又无力照顾时，便独自一人，远走深山，藏身石洞，直至为人发现之时，已是一副骷髅。”说到这里，史提芬把香烟捻熄，叹一口气说:“我将来也没有例外，我无儿无女，我宁愿饿死在这小石屋中，也不要向人摇尾乞怜。我们印第安人有我们的尊严。”

史提芬说毕，带着酒气走进寝室。油灯熄了，我留在壁炉侧，望着炉中余烬，听着户外野狼的嗥叫声，久久不能入梦。

河中的沙文鱼渐渐少了，史提芬地窖中的鱼干越积越多。

我问他积存那么多沙文鱼干的用途，他说：“烟熏沙文鱼卖的钱是给我买食物和柴油的，沙文鱼干是我的储备粮，有时严寒天气为时太长，河冰迟开，而存粮不足，沙文鱼鱼汛未到，我就依靠地窖中的沙文鱼干支持下去。有时也以雪车送些鱼干到黑熊冬眠的石洞前，让它活到开河之时。”我说：“你真是个有良心的印第安人。”

史提芬淡淡一笑说：“我们活在这个世界上，除了要照顾自己，还要照顾别人。加拿大都市中有钱人多得很，冰天雪地之际，谁会想到无衣无食的人？有些自命文明的人，看不起我们印第安人，我还看不起他们呢。”

听到史提芬的牢骚话，我已无言以对，想到数十年来所见所闻，我能批评他说错了吗？

加拿大西北地区的夏季很短，热了只有几天，天气很快就凉下来。我们离开石屋，就少不了寒衣。西风掠过山区，白杨树悄悄落叶，枫树的叶子一宵转红。史提芬和我去采摘黑莓。漫山遍野的灌木，大大小小的野果都熟了，野鸟纷纷啄食，尽量摄取营养，为越冬做好准备。熟了的黑莓，清香可口，除了做果酱，还可晒干。然后，我们划船去收割生长在湖中的黑野谷。黑野谷的根就是我们南方人平日所吃的茭笋，都是生长在湖泊和河溪水滨。春季开花，秋季野谷成熟。野谷比大米细长，加工去壳后，就是黑野米，可以烧成米饭，微香较有咬头。我们一面划独木舟，一面把野谷收入舟中，再搬回家去，辗去谷壳。印第安人无论是焗沙文鱼，还是焗野鸭子，都欢喜以野米填进肚子中。野米摄取鱼汁或鸭汁，十分鲜美。

一天，我们收割野谷已毕，正要划船回家。归途中，秋风中突然传来一阵阵熊的吼叫声，其中夹杂了野狼的惨叫声。史提芬停舟听了一会儿，立即推断是黑熊和野狼相斗。我们赶快把独木舟划到野兽吼叫的河段。

出现在眼前的战场一片狼藉，地上躺着两头野狼，一头没有动作，显见已是没有生命。另外一头腹部遭黑熊撕开，肠子都流了出来，鲜红的血液染赤了棕毛，已是奄奄一息，只余两条后腿轻微动弹，眼看是活不成了。

吼叫的是那头捕鱼时曾与我对峙的黑熊，它也付出相当代价，伤势很重，臀部遭野狼咬下一大片皮肉，鲜血淋漓，两臂也被咬出一个个的血洞，黑毛一片片脱落，散落在草地那些枯黄的叶子上，不断地喘气。但是，它仍然斗志昂扬，用其两掌上锐利如刀的爪，攻击地上濒死的野狼，直至野狼断了气，方才停止。

离战场不远的草地上，有一只老鹿的残骸，旁边是那头白吃沙文鱼的老熊，正在慢慢咀嚼带血的鹿肉。史提芬看罢，点点头说："你看，这是黑熊捕杀一头老鹿，把它拖给老熊吃。血腥味引起野狼的食欲，赶来抢掠。它们欺负老熊年老，抢不过它们。黑熊为了保护老熊，出头跟两头野狼打起来。抢掠者付出两条性命，护老者也身负重伤。它的伤势不轻呢，只希望它能好好养伤，赶紧在冬季来临前，多吃一点，冬眠时不会挨饿。不然，只怕挨不过这个冬季。"

我们把独木舟停在老熊河上，凭吊战场。一阵阵的秋风，带来嘹亮的雁唳，群雀纷飞。时序去得好快，秋已渐深，我有点担心，黑熊来不及疗伤摄食，严寒已至，它会饿死在冬眠时的洞穴中。史提芬又说："黑熊虽是野兽，为了保护老弱，却不辞身负重伤。可是，我在都市中，眼中所见的人，虐待老者有之，欺压老者有之，诈骗老者有之，陋弃老者有之。这样的人，比黑熊还不如。我宁愿躲进深山，与黑熊为伍，不想多见那些连野兽都不如的人。"

我们在雁声中划船回家，一路上，史提芬沉默不言，我也被刚才一幕震撼得说不出话来。只有老熊河两岸的芦花，无言摇着白头。

育空地区的秋天，来得好快。老熊河的河水，渐渐变浅；树上的叶，渐渐变少。而空中的候鸟，渐渐多起来。除了加拿大大雁，还有无数的野鸭子，一群群地向南飞过。这几天，我们都忙着射杀野鸭。史提芬出自狩猎世家，枪法奇准，弹无虚发。不过，他只向一群野鸭之中落后的几只开枪。他说："落后的野鸭大多是一些失偶的单身鸭，即使被射杀，也不会令遗下的配偶因失侣而悲伤。自从我妻辞世后，我不忍再听到孤鸭的哀鸣声。"说到已去世多年的亡妻，他难以掩饰深埋已久的哀痛，在柴油灯下喟然叹道："失了配偶的孤鸭，就像我史提芬，孤零零一个影子，生是一个人，死是一缕魂。将来死了，只有自己替自己哀伤，我不需要劳烦别人替我哀伤。"

加拿大西北地区的秋天，黑夜来得很早，斜阳照在山头的云杉林，不多时，很快便照到树根。在秋阳斜照中，南下的野鸭，一群群降落在老熊河两岸的芦苇中度宿。一群野鸭子中，总有几只壮硕的鸭子停在一旁警戒着，它们东张西望，不离左右，替鸭群戒备。偶尔，有一只狐狸经过，卫兵鸭子就会高声叫起来，休憩中的鸭群便纷纷从芦苇中起飞，免遭狐狸攻击。直至狐狸远去，鸭群才重新飞回芦苇中。有时，筑水坝的河狸泅水而来，卫兵鸭子虽然知道河狸是素食兽，不会攻击野鸭群，但还是发出低声警告。芦苇中的同伴，仍然难免会骚动一番。

史提芬对射下的野鸭子，不用去毛，只把内脏弃去。那些内脏，都作为附近的狐狸、土狗等小型动物的晚餐。我们把带毛的野鸭放进地窖，这些都是大雪封山时的食物，他必须积存足够的鸭子，才不致挨饿。那天的晚餐，是炉烤野鸭子，蘸以家制的蔓越莓酱。野鸭肥美，鸭腹中的野葱和野米，吸足野鸭汁，比鸭肉更好吃。

严冬渐近，白天渐短，我们划独木舟去找寻枯木。林内枯木很多，由雷电引发野火而焚毁的大树，触目皆是。我们用柴油锯把枯木锯为一段段，以小舟运回石屋，堆在屋旁。石屋赖以生火取暖，在滴水成冰的日子中，柴火是赖以活命的恩物。

我们频频出猎，尽速在严冬来临之前，储存足够的肉类。林中野兽也全力争取摄取更多营养，它们活动频繁，也给予我们更多射杀的机会。

史提芬希望猎获一头麋鹿。麋鹿是每一个猎人都希望到手的猎物，加拿大政府只准许持有效狩猎牌照的猎人每年射杀一头麋鹿。猎杀麋鹿有很多限制，而猎期极短，枪法稍差的猎人都不敢轻易尝试，因为麋鹿体大肉多，重逾百斤，而且，鹿角雄伟漂亮，可以卖到好价钱。但是，麋鹿强雄力大，奔走剽悍如箭，猎人必须具备“一招了”的自信。枪声一响，麋鹿知道敌人要杀它，它就全力攻击对方。除非一枪毙命，否则，纵使身受重创，它也会一往直前，其疾如矢，开枪者绝难有逃避的机会。麋鹿冲撞力极大，鹿角坚硬如钢，锋利如剑，猎人必定难逃一死。史提芬出身狩猎世家，他也自负是百发百中的神枪手，而且，他的确需要鹿肉和鹿角，所以，他不肯放弃一年一度的机会。而我，也想见识一下他的神射绝技。

经过几天细心观察和研究，他测出一条麋鹿喝水的路线，一个适合出手的地点。他命我躲在一株偏离现场的树上，不许出手，只准观战。出门时只带两粒枪弹，他说:“成败只靠一弹，另一弹只是预备弹。”然后跟我握别道:“好兄弟，如果我死在鹿角之下，那是由于我枪法不精，死而无憾，千万不要打算替我报仇，麻烦你把我就地埋葬，赶在冬前回多伦多去。”

我蹲在树上，为他捏一把冷汗。他的猎枪十分陈旧，既无瞄准器，更无红外线。残晖已隐，林暗无月，淡淡的星光，掩映树影，西风袭人，我极力不让自己发抖。

一会儿，那庞然大物麋鹿果然出现。那家伙虽体大肉厚，但跑得不慢。只见史提芬单膝下跪到一株松树之下，向它的两眼之间瞄准，猎枪上膊，食指内勾，轰然一响，枪弹在黑暗夜色中划出一道红色弹线，正中鹿脑，麋鹿轰然倒地。史提芬转头朝我一笑，我举起右手大拇指，正想叫好，忽然间，秋风送来一阵蹄声，原来是隐在附近的一头野水牛，听到枪响，以为有人向它袭击，先发制人，疾奔而来，要以利角杀死开枪者。

史提芬始料未及。他真是个临危不乱的猎人，立时镇定，神速退出空弹壳，填上另一粒实弹。但野水牛飞驰而至，双方已非常接近。他来不及举枪上膊，就把枪挟在腋下，勾掣开枪。一声巨响，野水牛头部中弹，应声倒下，牛角差一点就触到史提芬的枪管，猎枪的后坐力把他推退几步，但他保住了性命。

我禁不住在树上发抖，史提芬也吓得面如土色。良久，我始恢复常态，缘树而下，走到他面前。我们两个大男人拥抱在一起，他说：“好兄弟，你再也不用埋葬我了。”

我说：“我以为你死定了。不用瞄准而一击即中，你的神射绝艺，使我敬佩极了。”他淡淡一笑说：“好了，好了，你还是把奉承话带回多伦多吧，我这儿用不着。我们还是赶紧把这两个大家伙弄回家去，免得便宜了野狼。”

获得两头巨兽，我们已有足够的存肉，不用再出猎。史提芬从不射杀黑熊，他说：“印第安人相信他们是黑熊转世，我们不能杀祖宗。”

育空的秋尽，肃杀而萧条，草地一眼望去，全已枯黄，落叶松脱光了叶子，一株株刺向天空，只有云杉和冷柏，青翠如故。然后，北风吹了一夜，次晨起来，厚厚的白霜，盖尽大地。我知道归期近了，不得不回都市去。

九月底，我收拾行装。我对老熊河依依不舍，尽量利用每一个空闲时间，看黑熊，看河水，看云层积压如铅的天空，和史提芬谈话。然后，最后的日子到了。

十月第一个星期一，小飞机依约而至，在河侧小机场降落，带来给史提芬冬前的最后一批供应品，也带来一场首雪。清晨，寒风怒啸，气温乍降，将雪花吹成手掌大的雪块。机师催促我登机，史提芬和我拥抱，依依难舍，不忍作别。在机师的咒骂声中，我走进机舱，舱门关上。隔着驾驶舱玻璃窗，史提芬和我各自拭泪。白雪越下越大，飞机一飞冲天，我往下看，史提芬正在解缆划船。我朝老熊河左侧看去，黑熊和老熊两条影子，在雪网中，缓缓向前走去。

# 旅途

吕梁倚着身边灰狗长途巴士的车窗，正欣赏着窗外飞逝的秋色。红得醉人的枫树指向湛蓝无云的天空，把西方渐渐消逝的晚霞，烧成少女的酒窝，这使他想起少年时代追求的女同学杜霁侧面的脸庞："多可爱的酒窝啊！要是上帝能让我吻她一下，多么幸福。"托赖上帝眷顾，他终于娶了杜霁为妻，杜霁美丽的酒窝，终于让他吻个够。四十年的岁月，他记不起吻过她多少次，有时，她微嗔道："吻够了没有，够就放开我，让我做回杜霁，不要每一分钟都做吕太，烦死人。"

可惜，杜霁做吕太的日子到六十岁时便戛然而止，一场突如其来的车祸，使杜霁当场身死，而他也受了重伤。办妥妻子身后事，他已身心俱疲，不得不办理退休手续，依赖退休金过活。可幸房子早已供毕，加拿大食物廉宜，退休金虽不多，也不致捉襟见肘。他是老华侨，心怀故国，每年都要回中国一两趟，每次都由多伦多起飞，到温哥华玩几天，再西飞经澳门回国。这一次，他改变交通工具，乘坐灰狗长途巴士横贯加拿大腹地，到温哥华再飞香港再转澳门。

微晃的巴士向苍茫暮色中驶去，窗外景色渐渐模糊，使他昏昏欲睡。杜霁美丽的酒窝不断在睡梦中出现，他也不断追赶，终于追上，把她抓住，问她："你好忍心，把我抛在这个冷酷的世界，一个人走了。为什么不一同把我带去？"梦中的杜霁完全失去在生时的温柔，冷冷地说："我们二人的尘缘已断，你是你，我是我，请你不要再向我纠缠。”他才恍然觉悟：人与人之间，互相维系的是缘，缘断了，一切都归于虚幻。他无语讷讷而退。

车停了，他也梦醒了，巴士司机高声说：“这里是雷霆湾，大家可内进吃晚饭，车停一小时，准时上车。”

吕梁伸手抹脸，梦境凄酸，脸上满是泪痕。他无心进食，只要了一杯黑咖啡，坐在餐室门首处喝着。门外料峭的西风吹起满天红叶，扑向玻璃门，沙沙作响。“秋深了！”他轻声告诉自己，然后把秋褛领子竖起，走向洗手间。

当他回到座位时，位子被另一人占了。他只好坐在对面。细看那人，是一个华人妇人，她操粤语说：“对不起，我占了你的位子，我是等候登车的乘客。”

吕梁说：“不要紧，出门人，将就将就。”

那妇人微笑说：“我够运，出门遇好人，我叫赵晴碧，此行先到温哥华，再飞返澳门，英语不灵光，请帮忙。”

吕梁说：“我不算好人，也许帮不上忙，请你有心理准备。”

司机开始催促乘客上车，赵晴碧跟着吕梁上车，坐在他的旁位，她带有的一件行李已寄舱，另挎了一个背囊，上车后解下来，放在座位上方行李仓。车在群山中回旋前进，除了单调的马达声，车厢静寂无声，接着，乘客鼾声四起，赵晴碧很快入睡，只有吕梁双目鳏鳏，想起梦境，悲痛得很无法入梦。

车子午夜停一小站，载客并让车上旅客方便，赵晴碧没有下车，依然沉睡。渐渐身体倾斜，头部枕在吕梁肩头，有点微霜的秀发散落在他的颈上，痒痒的使他忍不住伸手把发拨开。这一来把她惊醒，她歉疚微笑说：“对不起，累你一夜睡不着。”

他淡淡说：“我睡不着，与你无关。你看来很累，放心继续睡吧。”于是，她又沉睡，幽幽的发香，使他想起杜雰生前的体味。

次日，清晨，车子离开安河，进入曼尼吐巴省平原。中午时分，车抵曼省省会，灰狗巴士停站一天，明天上午再往西行。吕梁住进灰狗旅店客房，赵晴碧就住隔壁房间。他洗一个热水澡，美美地睡个午觉，把内衣裤洗好晾起。加国秋季天黑得早，此时已是华灯初上，他按铃把她唤醒，一同到餐厅晚餐。她有一双“一线天”小眼睛，睡眼惺忪随他走进餐厅，一杯加拿大红酒使她精神振奋起来，她告诉他：她是澳门某赌场庄荷，丈夫早死，孀居二十年，把女儿抚养成人成婚，女婿是温市一家大学讲师，三年前生了孩子，从澳门把她接来照顾孩子。现在孩子长大了，她可以回澳享受退休金过活，她在离岛有房子，住所不假外求。

“你不欢喜加国？住满若干年，也可享受退休福利。”他割着牛排问她，“加国福利不比澳门差，生活素质更好。”

她吃不来带血的牛排，只要一客鲑鱼排，斯文地小口吃着：“太冷了，我挨不惯，最不习惯是交游稀少，不像澳门热闹。”她问他：“你打算在加国住一辈子？不怕寂寞？也许你有西人女朋友。”她微笑。

“对，我有女友，不是西人，是中国书，有书，我不寂寞。每次回澳，带回文史书籍，只当新交女友。杜霁死后，我没有续弦，靠书伴我。”他苦笑摇头。再要一客“SCOTCH + ROCK”。

她告辞回房，他留在酒吧，继续喝酒，直至深夜。

巴士穿越大草原，他告诉她，这里是加拿大的粮仓，加拿大依赖它成为农业出口国。一望无际的麦田，使她眼界大开，她印象中的加国是寒苦之地，冬季天天零下二三十度，活泼生鲜的海鲜从未尝过。三年来，她看见的只是冰和雪，感觉到的只是彻骨严寒，吃进口的只是味同嚼蜡的鱼。因为她来加时坐的是飞机，从一个城市到另一个城市，山川平原，都从机翼下溜走，女婿是西人，只爱吃汉堡包，从不带她去吃鲜活海鲜。

车子驶进阿伯特省，触目所及都是油田，耀眼的火焰把夜空照成不夜城。空气中隐隐传来硫黄气味，它使加拿大成为石油输出国，她从来不知道这苦寒之地会生产一桶桶的黑金，输出海外换取外币。

最后一程，车子进入落基山脉，壮丽的山川在车窗外飞渡，无穷无尽的森林使她想到中国的兴安岭，她终于叹一口气对吕梁说："如果我乘飞机回澳，我永远不认识这个国家。"吕梁答："你不欢喜这国家，认识也是枉然。"

车子终于到达温哥华，这是此行终点。他带她住进列治文一所旅店。几天来，同坐一个座位，漫漫长途，她絮絮叨叨，问了很多有关对方的私事，了解他落寞情怀的来源。他也对她增加了了解，他发觉她不算是无知妇人，和她交谈不致令人索然无味。他带她到列治文华埠餐馆吃海鲜：新鲜的油泡象拔蚌、生猛的白焯红虾、肥硕膏足的姜葱温哥华大蟹、鲜美的清蒸红斑，满足她三年来对生猛海鲜的馋吻。餐后，她心满意足地说："我从来不知道加国有这些美味的海鲜。"他说："可惜这顿饭未足以令你改变对加国的观感。"

饭后，他带她到酒吧去，发觉她颇有酒量，两杯马丁入喉后，微显皱纹的脸上泛起微微的红晕。她眉黛间流露出残余青春颜色，他并不勉强她再喝，送她回房，她贴向他前胸，腰肢倾斜。各道晚安时，她忽然念出两句词："早些归去早些眠，梦里与君相见。"他吓了一惊："你也懂周鍊霞的诗？"她微笑点头。他说："对不起，我小觑了你。"

他再回到酒吧喝酒，热情的西印度音乐使他回忆与杜霁到加勒比旅行时的往事，缅怀过去，借酒消愁，喝了一杯又一杯。最后，他招手呼唤酒保时，一只手从身后伸过来，把杯口捂住，他回头一看，是她：“吕先生，你不能再喝了。”

他有点微醺，愠然说：“请你不要管我。”

她温柔地说：“我替你亡妻管你，你沉溺杯中物，她在泉下，也感不安。”她伸出双手，把他搀起，他顺从地无言回房，她替他更衣，然后返回自己的房间。

次日，他酒醒，他们一同吃早餐，她正襟危坐，严肃地说：“答应我，你不再酗酒。”

“为什么？”他说，“我不乐，酒可消愁，三两杯不算什么。”

“你在缩短自己的寿命，”她一字一字说，“我是基督徒，不忍看你自杀。”

接下来几天，他带她遨游西岸名胜，山明水秀的卑斯省打破她对加国寒苦印象，然后，一同登上西飞的航班。

当航机登空一小时后，空姐在广播中征求一位富有照料小儿经验的乘客到头等舱来，因为一位失母的小儿在陌生的机舱中辗转不安，浮躁啼哭，他的父亲和空姐都无法使他安静下来，致使其他乘客无法入睡。赵晴碧举手自告奋勇应征说：“为了整个机舱乘客有觉好瞓，我愿去。”

半小时后，空姐告诉吕梁：小儿的父亲林明是澳门商人，长期居澳，把妻子留在温哥华。最近，妻子因心脏病突发身亡，林明飞到温哥华料理妻子的后事，把两岁大的孩子带回澳门抚养。由于父子从未见过面，孩子面对陌生的父亲，既恐惧又彷徨，哭个不休，幸而赵晴碧有照料孩子丰富经验，又哄又抱，慢慢使孩子入睡。林明担心孩子醒来哭闹，愿意补票，买了一张邻座头等票给赵晴碧就近照料，使她全程留在头等舱，吩咐把她的手携行李送到头等舱。

赵晴碧一去不回，吕梁有点怅然若失，他想起她的一线天眼睛，想起她的发香，想起这几天来相聚的笑声身影，不无恋恋。过一会儿，他想起梦中杜霁“尘缘”的说法，他相信相聚是缘，相分也是缘，他们之间的缘，也许要终结了。

他对自己喃喃自语：“傻瓜，杜霁可以割断数十年的缘，你为什么不可以割断几天的缘？你的书读到哪里去了？”于是，他向空姐要了一杯威士忌喝光，在隆隆的机声中沉沉入睡。

正酣睡中，他忽然觉得脸庞有物黏着，他张眼一看：机舱一片漆黑，仅余小灯三五，照出行人过道，脸庞黏着的是赵晴碧的嘴唇，幽幽的发香，正吹到脸上。他情不自禁，捧起她的脸，把她的嘴唇对正自己的嘴巴，她很快把嘴唇移开，在黑暗中投身到他怀里，她轻声说：“我偷偷来看你，见你睡得正香。”

吕梁说：“我以为你不再回来了。”他双手环着她的腰肢。

她把嘴巴靠近他耳边：“我怎舍得不回到你身边，难道你看不出我已爱上你了？我守寡廿多年，道行一朝丧，要怨谁，我说不出。”

“怨我，我坏，那个晚上，我不该喝酒。”

她瞄向腕表说：“我得回去，刚才是偷溜出来，孩子醒来不见我，会哭。”

吕梁问：“怪了，难道你要伴孩子一生？”

“林先生刚才要求我回澳门他家中长期替他照顾孩子，当管家，月薪一万元。我起初不肯，后来，他苦苦求我看在孩子分上，又加至三万。他说，孩子是他的命根子。我最后答应了，你知我在加拿大替女儿看孩子，没有报酬，如今正要赚点钱贴补家用。”

吕梁冷笑：“既是命根子，为何抛他母子在外国两年，不来一看？有钱人的话，可信者不多。”

她说：“好了，不要再愤世嫉俗了，有钱人也有好人。不谈这点了，你回到澳门，要想见我，或是我想见你，每星期星期天，基督教早堂，我一定依时崇拜，愿天主保佑你。”

说到这里，空姐走过来，催促她回去，因为孩子醒来找不到她又哭了。

她依依不舍，临别时丢下一句话：“相见在早堂。”

航机准时降落赤鱲角机场，头等舱乘客下机较早，当吕梁到达入境大堂时，林明和赵晴碧已不见影踪。他如旧住进旅店数天，买足他心仪的书籍，然后转到澳门。澳门是他的出生地，他对澳门有着不可割离的情感。然而，小时的游伴，中学的同学，死的死，发达的发达，死的固然见不着，发达的也同样见不着。他没有勇气挤巴士，只好安步当车，专往横街僻巷找寻往日印象。可惜，昔日旖旎风情，都随时日消逝，市声没有了，屐声也没有了，只有澳门人特有口音的粤语，还可以从电视台女主播口中时听得到，才蓦然惊觉这里还是澳门。

吕梁在海外漂泊数十年，他没有忘记自己是澳门人，只是怀疑自己是否已经变成“假洋鬼子”。此次回澳门，打算逗留一段时间，看看自己是否适合澳门，他暂住一个堂弟家中，天天逛街。

一天，他逛到从前被称为柯高马路的高士德，踱到教堂，探索知早堂时间是9时。待到星期天，他早点起床，踱步到义字街，吃过白粥油炸鬼，过街到教堂，还是迟到，崇拜已经开始。他从后面微霜的头发认出赵晴碧，她的旁边坐着西装煌然的林明和由另一女佣伴着的孩子，他们正聚精会神聆听牧师讲道，也许时日已久，孩子很安静，没有吵闹。他悄悄坐在他们后排。及至牧师吩咐信徒和邻座握手时，她回过头来才发现是他：“你算守信，特来看我。”她笑容灿烂，眼睛眯成一线。

他谦声地说：“侯门一入，想看你不易，只好偷来瞻仰颜色。”

“瞻你个头，教堂何用偷来。”她抿嘴一笑，接着介绍他们认识，林明客气地邀请他散会后一同去饮茶，他拒绝了，她向林明告假陪他上松山。

秋到松山，落叶满地，野菊侵径，他先开口：“别后生活过得怎样，有起过回加的念头吗？”她摇摇头微笑：“此间乐不思蜀了。你是否有同感？”吕梁兴致索然说：“我还是欢喜四季分明的地方，过分潮湿的天气，我吃不消。我担心夏季于我不宜。”她说：“住在林家，我并未感到潮湿。”

“那你就在林家长住下去好了。乐不思蜀，也是人之常情。”他淡然说。

她幽幽地说：“你住不惯，我怎能住下去？”

吕梁说：“人各有志，怎可相强？你要是要见我，可以来加一游。”

“难道你不再想见我？你令我心淡。”她双眉紧锁说，“你有点不近人情。”

他说：“要你放弃淘金机会，更不近人情。”

二人吃了一顿无味的饭，各自回家。

两个星期后，天气渐冷，又是一个星期天，他落寞地踱到教堂参加崇拜，散会后，他们一同去吃麦当劳。她告诉他：“昨天，林先生不在，一个女人给她电话，自称是林明的小三。她说：林太就是因她而远走温哥华，林太的暴毙与林明有无关系，无人敢说，她警告我要当心。我冷笑道，我又不是要嫁他，我有什么好当心？小三冷笑把电话挂断。”

吕梁问：“林明对你有无企图，难道你看不出来？”

赵晴碧妩媚一笑说：“我在职场数十年，怎会看不出来？只有你这座古老石山的心，尚未看出来。”

“既已看出，还踌躇什么？”

“没有踌躇，早已主意拿定，林明是什么人？要我嫁他？”

吕梁从桌下伸出粗大的手。握着赵晴碧纤纤的小手，紧紧的，紧紧的。

圣诞节前夕，吕梁依然紧紧地握着赵晴碧的小手，登上东飞的航班，飞回加拿大。

天刚破晓，东方堆满灿烂的云彩。

2016 年 4 月 10 日

# 暮雨

沉郁而狂热的钢桶音乐队，乐队一队一队地走过了，还是不曾出现他期盼中的《混血女郎》旋律。徐坚渐渐感到泄气，他低下头来，喃喃自语："人们都沉湎于现代音乐了，谁还记得起我们当年填写曲词的辛劳呢？"

他缓缓步下棚架，打算买点本土风味的西印度东西吃喝，然后回到旅店收拾行李，明天登机，飞回加拿大。

小贩们眼见买卖上门，都高声叫嚷："中国人，你要吃什么？肯德基炸鸡？麦当劳巨无霸？印度牛肉薄饼……"

徐坚微笑摇摇白头："西班牙焖肉饭、芋叶汤、酸猪脚，你们有没有？"

小贩们惊讶地发现这个游客所说出的英语充满了千里达口音："老先生，你是千里达土著吗？"

徐坚说："对了，我是千里达人，想吃点在海外吃不到的千里达风味，你们都有吗？"一个小贩指向排在尽头的一个档："除非是雨点姨（RAINDROP AUNTIE）还没有卖光。"

徐坚笑着向他道谢，蹒跚地走向那档口，档主老妇正忙得不可开交，收拾起那些铝铁盘搬到骡子背上。他笑说："看来是我来晚了，没有口福了。"

"晚了，都卖光了。"老妇身材矮小，满头银发，头也不抬。

他一刹那记起那声喉和当年的身影，他又喃喃自语："对了，她就是小雨点，我怎会忘了她？"他痛心疾首："晚了，晚了，我每做一宗事都晚了。连吃东西都比别人晚。老人家，你这一辈子晚了，也快完了。”

老妇人听到他喃喃自语，才抬起头来，惊喜若狂，急步跑过来，张开两臂，把他紧紧抱住：“我的天，你不是徐坚？你如何会出现在千里达？我今天不是在做白日梦吧？”她把一连串的吻，贴向他的脸上，不断地叫：“老天，你真仁慈，我以为这一辈子见不到你了。”

他老泪纵横，嘶哑着声喉：“这些年来，你怎样挣扎过来？我回千里达只是打扫父母的墓地，乘着嘉年华节之便，再听听钢桶音乐。可是，我失望极了，看来我们从前的努力，都付之东流了，我听不到《混血女郎》了。”

小雨点撩起身上的围巾拭去他的泪痕，轻轻地说：“不要激动，徐坚，男儿有泪不轻弹，你忘掉切当年的名言？”

徐坚俯着头：“小雨点，我怎会忘掉他？”他低着头说：“我们当年的往事，至死难忘啊！”

小雨点挽着徐坚的手，轻轻说：“走，到我家中，好好细谈。”

徐坚踌躇道：“怎么办呢？我老了，走不了长途，你家距城有多远？”

小雨点笑出声来：“噢！老天，你的确是老了，你忘了我的家就是你当年的椰园，距城有多少哩，难道你还不清楚？”

徐坚也为之失笑：“想起来了，我离开千里达时，把椰园送给你，怎么会忘却呢？”

小雨点点点头说：“我有两头骡子，我们骑骡子回去吧。”

徐坚不曾骑骡数十年，有点笨手笨脚，在小雨点扶持下，颤巍巍地上骡，而后，她一跃而上自己的坐骑，二人并辔离开西班牙港，向东海滩区进发，暮雨潇潇而下。

他在骡背上，很不得劲，想起刘备“髀肉复生”的故事，便告诉小雨点。她点点头，接着有点不好意思地说：“能有并辔骑骡的机会，上帝对我们太仁慈了。”

他说：“可惜仁慈来得太迟了。”

她摇手道：“不要不知足，世上有多少人连重逢的机会都没有。”

徐坚黯然神伤，暮雨下得更密了。

× × ×

上世纪50年代末季，徐坚在英国殖民地千里达参加反英独立组织，有一次，在墨西哥城代表千里达参加南美洲青年大会，会中尽是各国不满现实的青年，那时，古巴还未发生革命。会中最活跃的青年领袖，要推古巴的卡斯特罗兄弟与阿根廷的切盖瓦拉，他们把他介绍给一群委内瑞拉青年。因为，委内瑞拉当时的一个革命组织，从事武装革命，在地理上，委国与千里达隔海相对，他们认为缓急之间，或可相济。徐坚的西班牙语不大灵光，小雨点就是翻译员。

小雨点本来是千里达人，十岁时随再婚的母亲移居委国，她并没有忘记母语——英语，她跟随男友卡洛加入革命组织，对外负责英语翻译。她是西班牙和南美土著——卡猎人的混血儿，娇小妩媚，英语流畅，使徐坚对她印象深刻。南美青年大会闭幕后，大家相约同游“魔鬼山脊”。在山脊险境，切盖瓦拉主张与会者答应“今后患难相救，疾病相扶持”。大家意气相投，发誓一定忠于诺言。

委国革命分子问徐坚，能否在遭受政府军追捕得太紧时匿避到千里达暂避风头，他一诺无辞，双方约定通信暗语。

徐坚在千里达拥有一片海滩、房子、货车、几艘渔船和虾艇。这些船只常常出海捕鱼捞虾，越过海界到委国近海，委国其时贪污猖獗，巡海艇接受徐坚送礼，对他的船只越境捕捞，熟视无睹。徐坚常常收购各国货运船员走私而来的枪支和弹药，以捕鱼作业掩饰，将枪弹补充革命组织使用。委方负责人便是小雨点。

有一次，“切”通知徐坚：古巴有一渔船军火偷偷运至徐坚海滩，再由委国游击队将之运到游击根据地。为防千里达军警巡查时露馅，徐坚以生日为理由，邀请当地军警和卫生站女护士参加生日派对。美食和美酒，令军警与护士忘却工作与使命，吃喝与酒色，使他们忘其所以。就在这个漫漫长夜中，古巴军火船从容卸货，交给委国游击队搬上自己的渔船，载回委国使用。委国渔船的指挥人是小雨点，临别之时，小雨点拥抱徐坚：“你不辞艰险，出钱出力，使我们游击队军火不致缺乏，实践患难相救的诺言，真是一个信人，可惜我认识你太迟了。”

“说什么迟不迟，遵守诺言是做人起码道德，我是人，就该守信，回去吧，替我向游击队朋友们问好。”

小雨点依依不舍，一面解缆，一面做出飞吻的手势。

大约在此事发生一年后，一个风雨的夜黄昏，电报局突然送来一个电报：

“母病危，黎明前恐将离世，速来。”

徐坚知道这是小雨点向他求救的暗语，在千里达与委内瑞拉领海的中线，有一个方圆不足半里的荒岛，并无居民。因为那岛没有淡水，只有几株海葡萄（一种依赖海风吹送水分而繁殖的植物）。两国渔船有时为了躲避热带暴风雨，勉强停船等候风息。他们相约如果游击队有人受伤或重病可用渔船运送到该岛，由徐坚接运到千里达延医调治。

徐坚还没有用晚饭，接到电报，知道委国游击队有难，匆匆把几樽 SOLO（一种千里达汽水），几片印度薄饼（ROTI，一种用面粉烘烤而成的食品，内馅为马豆泥，类似维吾尔族人常食的馕）和猎枪弹药，携带几罐预备汽油，登上自己的渔船，冒着疾风狂雨，加大引擎马力，排浪驶向加勒比海。那时天已入暮，加以天气恶劣，海上能见度很差。徐坚集中精神，不敢怠慢，和排空大浪搏斗。为了不让千里达巡海船艇截查，他不敢打开船艄大灯，凭仗多年航海经验，尽量从大浪空隙中窜进。浪花迎头盖来，很快就衣衫尽湿。开船之前，他已工作了一整天，在行船过程中，他更疲倦不堪，但是，小雨点瘦小的身形不断在眼前冒现，使他疲惫消失，他自言自语："我答应过，我们患难相救，现在，她在患难中，正在荒岛中等着我，我徐某是个顶天立地的男儿，绝不能令她失望。"

很快，天已全黑，使他驾船更加吃力。天气更坏，海天尽处，雷声隐隐，电光闪亮，他向天空喃喃自语："天呀！不要让我在海上触雷吧！"

海风仍是猛烈地吹，浪花撞过来，使他双目几乎张不开。他一面揉眼，一面驾驶小船在浪隙中奔驰。两小时后，海中岛朦胧在望，他精神一振，减低船速，缓缓驶去。沿着小岛边缘，环绕兜着圈子，他无法预知小雨点藏身何处，只凭运气，听天由命。忽然，一声霹雳，一道电光，在一丛海葡萄树中，照见一条黯黑的人影，他心中为之一喜，便把渔船微微驶上沙滩。刚刚踏足荒岛，听到一声呻吟，他确定发声者是小雨点。放轻脚步，走进海葡萄丛中，低叫："小雨点，是你吗？我是徐坚，救你来了。"

小雨点蜷缩在地上，背靠着一株树干，软弱的语声夹着抖颤："我中枪了，走不动了。"

徐坚狂喜说："生存就好，受伤不要紧。"轻轻把她抱在怀中。急步小跑回船，开亮手电，发现她的肩膀一片血迹，便脱下自己的衬衣作为绷带，再光着上身把船推回海中，朝千里达方向急驶。他把她放在自己膝上，左手持着猎枪，右手操纵船舵，再与风浪搏斗。

这时，热带暴风雨渐渐减弱，而刚才开亮手电的灯光，已让委国巡海艇发现，急促驶来，使用扩声器喝令他停船接受检查。徐坚更不敢怠慢，加大马力往回奔驰，巡海船见他不肯停船，再也不客气，开枪射击渔船，徐坚没有还枪，只是继续驾船奔驰。

怀中的小雨点轻声说：“小心啊！他们开枪了。”

徐坚狞笑说：“不要怕，他们想杀死我，可没有那么容易。”

他拿起扩音器高声向来船发出警告：“不要追！你放过我，我也放过你，你再追，我就不会客气！”可是，追击游击队的是委国新入伍的军人，从未遇过海上战斗，以为捕回逃逸的游击队队员，便可以升官晋爵，只是一个劲地开猛马达。

徐坚怒不可遏，松开右手，拿起一罐预备汽油，向来船方向用力掷去，再迅速举起猎枪向油罐开火。枪弹击中汽油罐，立即发生爆炸，轰然一声，海浪中滚起一团大火。委国巡海艇直线冲来，猝不及防，全速冲进火团中。烈火把船中油库燃着，发生更大的爆炸声，全船变成一团大火球，船中军人不是烧死，便是溺毙。

徐坚更不回顾，只是以最高速度奔向千里达，很快便越过中线，而热带暴风雨渐渐减弱，他知道危险已经过去。但是，怀中的小雨点经过这一番折腾，失血更多，他晓得不能找公立医院，只能找私家医生。幸亏他有一位医生朋友鹤健士，他的诊所就在海滩不远处。他停船泊在鹤健士私人码头，抱起小雨点，跑向诊所。遥见小楼尚有灯光，便一手挽着她的腰肢，一手按门铃。不一会儿，鹤健士匆匆开门，看见筋疲力尽的徐坚抱着一个满身血渍的小女人，大吃一惊，不暇细问，招呼他将小雨点放在手术床上，用剪刀把她的上衣连同胸围剪开。小雨点两颗美丽而坚挺的乳房弹了出来，使他目眩心跳，他咬了一下下唇，吞下涎沫，才把欲念压下。

“枪弹射进肩膀，我要把弹丸钳出。否则，弹铅附在肩骨中，时间一久，后患堪虞。她失血太多，必须输血。”

“输血我来，希望血型相同。”

鹤健士替他抽血检验，果然相同，他把太太唤醒为助手，替小雨点局部麻醉。割开伤口，找到弹头，经过消毒，把皮肉缝合，徐坚已疲倦得支持不住，倒在手术室外的沙发上沉沉睡去。

次日，徐坚醒后，把经过情况向鹤健士相告，二人是好友，自然不会向政府告发。小雨点是逃犯，必须避过风头后再走。两个星期过后，她离开鹤健士诊所，徐坚把她安置在祖先遗下但已分到自己名下的一个小椰园中。椰园中有一所小屋，平日由守园人居住。守园人年老力衰，回家纳福去了。现在，正好让小雨点藏匿养伤，小屋一切生活日用设备周全，小雨点日渐康复，已能照顾自己，徐坚稍感放心。

一天，徐坚有空，用骡子驮了一些日用品和粮食到椰园，给她带来一个坏消息：她的革命伴侣卡洛，在一次枪战中身亡。而游击队的领导人丧生，领导权也随之易手。徐坚更透露，古巴现在正向苏联靠拢，切已被迫到非洲打游击，委国革命团体以武力夺取政权的愿望已越来越黯淡。

对于卡洛的死讯，小雨点一点都不感到意外。多年并肩作战，她早已把生死置之度外，闻讯后，她只是伏在徐坚肩上啜泣了一会儿，拭去泪痕，叹一口气道：“算了，卡洛早已不再欢喜我，他已和别的女同志在一起，他们认为我不是正宗委内瑞拉人，是千里达人。我们的关系早已结束，只是瞒住你，算了，如今一了百了，我算是离开他们了。”

徐坚轻轻抚拍着她那受过枪伤的肩膀，低声说：“革命是免不了死伤的，卡洛求仁得仁，已无遗憾，遗憾的是牺牲得太早了，你的人生还有很长的道路要走，好好保重你自己。”

小雨点点点头，泪眼模糊地看着他跨上骡子回家而去。

× × × ×

由于苏联干预南美洲革命运动的手段过于粗劣，也由于美国情报机关使出金钱政策，千里达独立后渐渐在政治上倾向反共反华态度，徐坚在执政党权力中心已是渐渐被边缘化。更由于中国的“文化大革命”，被南美洲各国认为是义和团复活，千里达政府立法禁止中国政治性刊物进口。徐坚在当地处境越来越困难，他的家中常常被军警以搜查政治性刊物为借口，栽赃嫁祸，虽然每次都能脱罪，但已使他不胜其烦。朋友们大多认为他已成为统治集团的眼中钉、肉中刺，都劝告他远走他乡以避祸，徐坚不得不认真考虑。最后，委内瑞拉在“美洲国家组织”指证千里达渔民进入委国领海救走委国游击队员，焚毁海巡船只，政府正好利用此案对付徐坚。

在此大环境下，徐坚只好把捕鱼生意售出，被迫远赴加拿大避祸。离境前夕，徐坚乘夜到小椰园向小雨点告别。

那是一个风雨之夜，徐坚跨着骡子把最后一批日用品带给小雨点，小雨点烧了几道本土菜式招待他：马介休煮秋葵，红焖树鼠（MANIGO），芋叶蟹汤。他吃得很多，饭后，他坐在摇椅上舒适地叹一口气说：“这可能是我吃到的最后的千里达菜式了。”

小雨点依偎在摇椅上，把小脸贴到他的胸膛，低声地说：“不要气馁，几时你回乡扫墓，只要小雨点不死，一定再烧菜给你吃，你我比统治者年轻，我们一定看到他们的下场。”

徐坚情难自已地把她揽入怀中："当日逃避追兵，曾经抱过你，今夜离别在即，让我再抱你一次吧。"

小雨点揽着他的颈项，把嘴唇迎上去："我的小命是你救回的，你要干什么我都不会拒绝。我枪伤痊愈后，一直等待你开口，你是有家室的人，我不在乎做你的情妇，只要你欢喜就好。一纸婚书有什么用？世上多少拥有婚书的人，得不到快乐，人生在世，只有快乐是无可代替的。在手术室中，我看到你望着我的乳房咽口沫，现在，是我望着你咽口沫，让我们干一次不再咽口沫的事吧。"

黄昏，小椰园中，雨也潇潇，风也萧萧。

× × × ×

徐坚和小雨点骑骡回到椰园小屋中，小雨点匆匆把骡背上的东西卸下，忙着烧饭，把他安置在那把破旧的摇椅中说："你久不骑骡，一定很累了。休息一会儿，让我烧一桌你久违的千里达菜式给你尝尝。"

徐坚确然很倦，躺在摇椅上呼呼入睡，直至发觉身上添上一人，才苏醒过来。他张开双目，看见身上的人是小雨点，笑道："我们第一次燕好，就在这摇椅上。难得时光溜走了二十年，你还舍不得把它抛弃。"

"我舍不得把摇椅抛弃，正如舍不得把你忘掉。"她脸上虽然布满皱纹，但在他眼中，仍是墨西哥城中那个妩媚的少女。

"我也没有忘记你，我们的事，前妻是知道的，她去世前，吩咐我回到千里达找你。恰巧独裁者死了，我也从工作岗位退休了，才有空回来找你。告诉我，这些年来，你是如何撑过来的。"

"你留下椰园给我，我每年收获椰干，换钱度日，加以常到森林狩猎，把野鹿、黄麖、穿山甲等名贵野味冰藏起来，卖给游客，衣食自有余饶，我的日子过得总算不错，我什么都不缺，所缺的，是我的徐坚。”

徐坚把她紧紧地揽抱着：“小雨点，难为了你。”

她吻他的脸颊：“当年，我负了重伤，蜷缩在荒岛上，以为死定了，估不到你会驾船冒着狂风暴雨来救我。我对自己说：小雨点，这样的男人不嫁，你还要嫁谁？及后，委国巡海船向你开火，你一面把我抱在怀中，一面驾船，面对枪林弹雨毫无惧色，我向上帝祈祷：主呀，求你赐我生还，我会照顾他的余生，报答他的大恩。”

徐坚吻着她那一头斑白的秀发：“上帝对我们太仁慈了，我们不能辜负他。”

破旧摇椅摇曳声中，夹杂着暮雨之声。

2017 年 6 月 16 日

# 农夫市场

巫东今天没有等待天亮，便匆匆起来，把昨夜准备好的农产品，连同一壶咖啡，放进半吨货车中，开动马达，向农夫市场驶去。

加拿大南部的五月，仍旧春寒料峭。冷冷的东风从车窗吹进来，半轮残月无言地挂在刚冒芽的枫树上，他打了一个寒噤，把风褛领子拉上，再关上车窗，默默地驾驶这部半旧的货车，想到今天是农夫市场本年开放营业的首日。

天气还冷，顾客一定不多。不过，整个冬天市场关闭，许多摆摊朋友不见，倒是有点念挂。趁着天气晴和，出来走走，见见面，问问好，吹吹牛皮，总算不枉此行。

一路驶来，天色渐明，车子也多起来，转入 47 号公路，渐渐听到鸡鸭的喧哗声，农夫市场隐隐在望。巫东把车子缓缓驶进去，找到自己的摊位，把车泊好，把货物从车斗中取出。货物不多：冬瓜和黄芽白是去冬剩货，冬天市场关闭，剩货放进冷库，冷库温度适宜，半年后还是光洁如新。新货只有新割的西洋菜，一扎一扎放好，菜色浅碧。今年残冬徘徊不去，春天来迟，这些是昨天他从农场小河滩中割下的，放在摊上木架，惹人注目。这是法国人的至爱，他们都爱微辛的生新鲜西洋菜做沙律，市场来了好些法国人，数十扎很快就卖光。

邻摊的意大利妇人玛丽，待他忙过一会儿，才向他问好：“士丹，生意很好啊！这个冬季过得还好吗？”

他微笑答道："一切还好，只是冰雪太多了，天天铲雪，老骨头挨得好苦。"

玛丽双手一摊说："谁叫我们在加拿大谋生？在加拿大，雪多才属正常，我们总算又挨过一个严冬。接下来的是春和夏，好日子快来了。"

巫东正要回话，忽然有人抛出一句粤语："老板，西洋菜呢？"他只好不再回答玛丽，回头一看，说粤语的是一个年约五十的东方面孔女人，左臂挽着一个柳条篮子，焦急地等待他答话。

巫东歉疚说："唔好意思，卖晒啦。"

那女人失望地说："农夫市场今日刚开档，你就揽到冇货卖，你究竟识唔识做生意嘅啷？"

巫东诚意说："我的西洋菜不是来自美国的温室货，而是我农场小河的野生货色，今年春天来得晚，西洋菜刚发芽，收获不多。下个墟期一定不少，太太，我替你留一点好不好？"她薄怒的神情，还不脱少女稚态，勉强点头说："算你啦，我就是买野生货，菜味够浓，不像超市中的温室货，一味好看，一点菜味都没有。记着，替我留五扎，告诉你，不许骗女人，骗女人会有报应的。"她把嘴巴翘起来。

× × × ×

巫东的农场位于加拿大多伦多市东北三十哩，面积有好几百公顷，一条小河贯穿其中。由于沙细水清，所以，小河两岸都长满野生西洋菜，春、夏、秋三季，西洋菜都长得极好。每个农夫墟期，巫东都收割好几百扎卖出。此外，他还种冬瓜、黄芽白与马铃薯。春夏从河中捞捕太阳鱼，储养温室中，待到严冬冰钓季节，售与冰钓人为鱼饵，售价很高。收入足以自给自足。他的老伴在他五十岁时与他离异，巫东从此过着独身生活。

接着好几天，天气和暖，春天的阳光灿烂地照晒着小河，潺潺的河水闪烁着金色的微波。河中的西洋菜长得极快，巫东尽量收割。下一个农夫市场，他的西洋菜堆满摊架，法国人和华人，纷纷驾车来光顾。那天是个忙碌的上午，生意很好，除了留下给那女人的五扎菜，其余的菜都卖光了。眼见太阳西斜，他一面应付顾客，一面心中嘀咕：她大概事忙，忘了来拿西洋菜。

“喂！老板，西洋菜又卖光？”那女人在他焦急时出现。

“不敢，不敢，不敢卖光，给你留下几扎。”他把留在架底的西洋菜拿出来递给她。

那女人微笑掏钱，巫东发觉她在微笑时，脸上两个酒窝很深，很美。她自言自语：“西洋菜煲不见天（猪肘腋肉），正好下饭……”

“太太，煲老火汤给老公降郁火，你真是个好妻子啊！”

“咪！煲汤给我自己喝，老公？老公几钱斤？我离婚好多年了，谁是他妻子？”她脸上又露出薄怒。

巫东讪讪地说：“对不起，我以为你家有老公。”

“老公？男人没有一个是好人，我才不要男人呢。”

“你不该一竹竿打了一船人，我例外，我是好男人。”

“你不要老王卖瓜，自卖自夸，几时我问问你老婆，你就穿煲。”她耸起小鼻子，做不屑之状。

“我与老婆离婚十多年，你去问谁？”

她笑说：“你果是好男人，老婆怎会忍心离婚？足证你好人有限，茶瓜送饭。”

巫东淡然一笑：“男人舍得让她离开，也证明她好人有限，茶瓜送饭。”

她上车离开前，嫣然一笑：“有你咁好气，我今晚西洋菜不见天送饭。”

下星期天，她又来了，容光焕发。巫东笑道：“西洋菜煲不见天，滋味如何，喝得你越发靓了。”

她把笑容收起：“不准口花花，今天有要事商量。”她把西洋菜放进车舱，拿出一个画卷，向他说：“我是写画的人，打算在农夫市场租个摊位摆卖作品。管理处告诉我摊位都租满了，需要轮候。我想跟你商量，你的摊位不小，可否容我搭单？”她身材娇小，仰头望着身材高大的巫东，眼中充满期望之色。

“单如何搭？”他搔搔凌乱的黑少白多的短发，有点踟蹰。

她说：“很简单，把画轴挂在你摊位角落，有人欢喜，就卖给他，画卖成功，卖价你我对分。”

她把画绳解开，他接过来细心看着，她解释说：“我学的是中国画，担心西人不懂欣赏。”

巫东少年时在澳门学过国画，对于国画鉴赏并不陌生，发觉她的画笔虽然不够苍劲，但是，气韵与布设，颇具匠心，点点头说：“可以，只是，对分未免太苛刻。二八分吧，你给我二成佣金好了。我不是一个贪婪的人，飞擒大咬的事，我做不出。”

她那微有皱纹的脸庞展示出两个深深的梨窝，伸出小手，愉快地说：“好！君子一言，我们下一个市日开始合作。我的名字是陆云，你呼我阿云好了，顾客称你为士丹，想必是你的英文名。”

× × × ×

转眼间已是下一个市日，巫东早上5时驾车到市场。摊子朝阳满眼，陆云早已把一轴一轴的国画悬挂在木棚架上，天气燠热，她香汗淋漓，满脸通红，喘着气说：“士丹，我到得太早，挂起画来，已有鬼佬询问画价。刚才还跟他们鸡同鸭讲了一轮。”

巫东如常把西洋菜搬到摊上，一群法裔人拥过来纷纷买菜，对陆云的国画很有兴趣，一个早上，卖出两幅。陆云显得很兴奋，她的英语虽然表达能力不够，但画笔不错，下午时分，又售出两幅。太阳下山时，市场收档，陆云高兴地邀请巫东到附近一间扒屋“锯扒庆功”。他欣然同意。

他要了一杯干邑，她也要一杯红酒相陪，面对带血的牛扒，她不能下咽，只要了一份香煎鲽鱼，举杯说：“士丹，庆祝我们合作愉快。”他回敬说：“好的开始是成功的一半，你可以告诉我为何跑到加拿大卖画的故事吗？”

陆云愀然不乐，停杯不饮说：“我本来是土生土长的澳门人，女儿嫁到加拿大，生了两个孩子，把我和丈夫接到这里凑孙。谁料，老公经不起诱惑，爱上了女儿的菲佣，二人秘密同居。于是，我们只好离婚。我搬了出来，租了政府的廉租屋居住，坐食山崩。不想把带来的积蓄耗尽，我在澳时曾经从师学画（澳门政府资助居民学书习绘），所以打起卖画的主意，幸亏蒙你拔刀相助，许我搭单，真是天从人愿了。”

巫东也为她卖画成功而高兴，但也不无隐忧说：“阿云，不是我泼你冷水，你必须知道，加国的夏天很短，严霜一降，西洋菜季节便完结。还有，卖画只可做一夏的生意，寒风如剑，雪花如掌，谁有闲情逸致来买画？”

陆云豁达地浅笑说：“船到桥头自然直，怕不了那么多，大不了我飞回澳门，澳门现在还没有饿死过人，我就不信偏偏饿死我。”

巫东对她硬朗的做人态度起了敬意：“对，加拿大也未发生过饿死人的事，今宵有酒，何妨一醉？”他举杯一饮而尽，把牛扒吃光。她也把杯中葡萄酒喝完，各自驾车回家。

加拿大的夏天过得很快，一番风雨一番寒，农夫市场四围的枫树，渐渐由碧绿而微红，再由微红而深丹。陆云在一场秋雨中着了凉，由感冒而转为肺炎，住进医院，她不能亲到农夫市场售画，把卖画的责任交付给巫东。巫东觉得义不容辞，兼职替她售画，收档后驾车持花到医院去探望她。一场肺炎很快使她消瘦下来，脸色苍白，双颊瘦削，使两个美丽的梨窝消失无踪："士丹，多谢你来看我，我病到五颜六色，对不起，卖画工作有劳你了。"

巫东为了使她高兴，给她一个好消息："你所绘的画真好，一个市日卖掉五幅国画，真替你高兴。"随后把画金递给她。

陆云无限感慨说："想不到我这点雕虫小技，居然也有市场。天气一天比一天冷，农夫市场以后恐怕渐难得有人来买画了。"

两周后，陆云病势好转，巫东到医院接她出院，她忧心忡忡地说："廉租屋冷清清，要喝杯热水都有困难，怎能养病？"

巫东建议她暂时到他的农场休养，她没有拒绝。他把她安置在农舍自己的寝室中，自己睡在客厅沙发上，给她递热水，量体温，依时喂药，为她早晚煮粥，使她很快便恢复健康。

一天，巫东离家参加一个农夫会议，家中只有陆云一人。她感觉身体渐渐复原，起床到处走动，无意中发现地下室壁上挂着很多字画：郑板桥的兰竹、王时敏的山水、邓芬的罗汉、张大千的荷花、沈祖棻的词幅，使她大为吃惊，几乎不敢相信自己的眼睛。她眼中的海外农夫，竟然收藏有这些珍贵的艺术品。更令她吃惊的是她托他悬售的五幅画作，全部悬挂在壁上，足证他是为了安慰她，把画作承购下来。

站在五幅画作前面，她感激得流下泪来。

就在此时，巫东回来了，悄悄地站在她的后面，低声说：

“阿云，你病刚好，不要动气，好好养好自己的身子要紧。”

陆云转过身来，一把抱着巫东，泪流满脸说：“士丹，你对我太好了。为了令我安心，把画买下，叫我如何报答你？”

巫东拍拍她的瘦骨伶仃的背脊：“傻女，几幅画价算什么？谈什么报答？钱不重要，人才重要，你好好地养病，就是对我最好的报答，你难道不晓得我有多怜惜你？”

最后那句话，使陆云如同止水的心中，泛起波澜。

“好，我听你的话，把身体养好，带你回澳门嫁给你。”她踮高脚尖，双手搂着他的颈项，用苍白的嘴唇，封住他的嘴巴。

巫东以强壮的双臂，把她抱起，一步一步走进寝室。

西风乍起，摇撼着农场四围的枫树，风中漂泊的枫叶，叩打着窗门的玻璃，瑟瑟作响，应和着陆云轻微的呻吟。

× × × ×

加拿大感恩节前夕，巫东左手牵着陆云的小手，右手持着一轴画，登上飞回澳门的航班。

这轴画是陆云离加前夕，她到女儿家中辞行，女儿托她携带回澳，交给她的朋友：“这是一幅很贵重的古画，妈，你必须亲自携带，不可寄舱。”她不虞有他，一诺无辞，亲自携带画轴登机。

巫东是澳门人，亲朋凋零殆尽，没有回澳数十年。这次回澳，纯是应陆云的婉求，她要求婚礼在澳门举行。在经济舱中，他们并肩而坐，他异常兴奋，可是，陆云恰好相反，显得有点闷闷不乐。巫东以为她舍不得离开女儿，便说：“我们此行无非回澳结婚，只当是蜜月旅行，很快就返回加拿大，短暂离别，你不必对女儿有所牵挂。”陆云只是强颜一笑，还是悒悒不欢。

航机平稳飞行，巫东呼呼入睡，鼾息如雷，一觉醒来，看见旁座的陆云还是双目炯炯，忧心忡忡，好生奇怪："你为何不睡？你有什么忧虑？"

她把头枕向他的肩膀上，幽幽地说："士丹，如果我遭遇到意想不到的祸事，你能帮助我吗？"温馨的气息缓缓传过来，使他醺然欲醉，然而，最后一语，使他骇然，睡意全消："你有什么祸事？"

她贴着他的耳朵，告诉她的故事："在扒屋中告诉你我的身世并不全面，事实是我的女儿在澳结识了一个毒贩，嫁到多伦多，把我夫妇接来照顾孩子，好让他们放手贩毒。我夫妇更受他们控制。我丈夫不听我劝告，已经染上毒瘾，故而我们离异。此次回港，他们在那幅国画中藏了毒品，交给香港的毒贩，便算任务完成，此后各走各路。我决心离开他们，和你结婚，重新做人，此次是最后一趟，我担心好事多磨，失手就擒，婚嫁之议，便成泡影。士丹啊！我爱你，不想离开你，你是好人，我是毒贩，天呀，我该怎样办？"说到这里，她流下泪来，泪水染湿他的脸颊。

巫东转身紧紧地搂抱着她，把脸颊贴着她的鬓毛说："阿云，我也爱你，我们如今生死与共了。我早岁甚么难关都跨过，这事交给我，伍子胥没有过不了的昭关。"

挨过了漫漫长夜，飞机清晨飞抵香港赤鱲角机场。巫东一手拿着画轴，一手挽着陆云的手，一同下机。他发觉她全身在抖颤，便低声安慰她："镇静点，不会有事。"

他们随着众人排队过关。不久，轮到二人过关，面对海关官员，巫东沉静地向他说英语："先生，我携带可卡因，现在，向你自首。"

海关官员惊讶地向他看了一会儿，知道他并非开玩笑，通知海关人员，把二人带进一间房子，解开画带，旋开两支画轴两端，白色粉末便泻了出来。图穷匕见，海关人员依据手续，将二人扣留。经过询问，陆云供出接货人资料，警方采取行动，毒网全面破碎，主持人被拘捕，只有一二爪牙逃脱。

巫东心知这回碰了毒贩的老虎屁股，后患无穷，然而，他是一个绝不言悔的人。

两个月后，巫东和陆云离开香港，乘坐水翼船前往澳门。

他们向澳门婚姻注册处办妥结婚手续，再租了一个单位，在澳门定居。第一天，陆云以主妇身份从义字街买来西洋菜和不见天为晚餐，当她把菜汤舀给巫东时，低鬟一笑说："记得当日向你购买西洋菜时，我说过以西洋菜不见天下饭，曾说过鄙薄男人的话，如今，亲自替你煲汤，算是将功赎罪。"

他微笑说："恕卿无罪，因为，你替我物色一个好老婆。"

陆云蹙眉说："请你不要太得威，我在庆幸托身有人时，担心毒贩不肯放过你。"

"大丈夫做得出就不必怕。"他若无其事地说，"人总要死一次，死在毒贩枪弹下，与死在病床上，有何分别，你不必介怀。"他买了一把折刀，放在口袋中。

陆云的担心终于成为事实。

澳门春季多雨，住惯大陆性气候的巫东，在街上行走时，总觉得天潮地湿。有一天，他乘搭巴士从提督马路到加思栏，上车前，一个手持长柄雨伞的菲律宾人向他注视，他在加拿大是农民兼猎人，对于不怀好意的眼睛，特别敏感，于是，他提高警惕。他上车，那人也上车，到了八角亭，他下车，那人也下车。当他走向北京街时，天下着雨，他不惯带雨伞，只穿风褛，戴着风帽。横过马路时，雨越下越大，那人却不张伞，挺着伞身向他身背刺来。他不断注意那人一举一动，当那人挺伞时，他已确定此人对他不利，他迅即转身，使那人的雨伞刺一个空。他飞起一脚，把雨伞踢歪，再抢前一步，把雨伞夺过手中，掷在地上，迅速掏出折刀，他一手扼住那人的脖子，低声用英语骂道：“你收了谁的臭钱，要用雨伞杀我？”

“不……我没有杀你……”菲律宾人被巫东扼住喉咙，难受得面红耳赤，“我的雨伞并没有碰着你，请你不要误会。”

“误会？你当我是白痴？”巫东咬牙切齿，“你也不打听打听，我是什么出身，老子在枪林弹雨中打过滚，难道会轻易死在你这王八蛋的手上？凭你这点道行，充当杀手，你还嫩得很呢！”

他拾起雨伞，用脚在伞尖猛力一阵乱踏，把载毒的针尖踩破，掷还给他：“滚吧！告诉你的主子，拆破毒网是每一个人的责任，世界那么多的正直人，你杀得完吗？”菲律宾人拾起破伞，冒着绵绵不断的春雨，垂头丧气而去。

巫东整一整风褛，走回他和陆云的爱巢。

2017年4月24日

# 琵琶行

十月的秋风，吹黄了珠江水乡两岸的水稻，急驶的电扒，一把剑似的划过平滑的水面，惊起田野吃稻的水禽，掠岸纷飞。坐在船艏的方展成正在金睛火眼望着前方，提防前方有情况。急速奔驰的电扒转进黄连海的河湾，不得不减慢速度，掌舵的林唐轻声说："成仔，前面有人收行水。"

坐在船中的钨砂船主持人黄恭站起来，从腰带中拿出一沓港币，交给林唐，林唐把钱放到一个小鱼网中，把船缓缓驶近一支横贯在河中的竹竿。竿端以绳子吊着一个竹篮，林唐伸出鱼网，把港币倒到竹篮中。岸上有人用绳索把竹篮拉扯过去，把钱拿走，一条汉子放出豆沙喉："承惠，但重未够喉！"

黄恭勃然大怒："刁那妈，你班契勾想吞我只车咩？想咳你个肺。"转头低声向方展成吩咐："俾啲颜色佢班契弟睇吓。"方展成低首按动机枪掣，一梭子手提机枪子弹扫过去，把横贯河上的长竹枝，打得支离破碎，黄恭粗声问道："而家够喉未？"林唐马上把马达加大，电扒飞驰离开河湾。

中午，电扒停在马骝洲，船上人员从码头登岸，到陈珠记饭店吃午饭，只把小伙计牛旺留船警戒。浓眉大眼、壮硕如牛的牛旺，手持驳壳枪站在船头，密切注意着路人。黄恭偕同其余七人进饭店，豆腐卜煮鱼、猪油渣炒菜心、豉汁排骨、卤水猪头皮、梅菜扣肉等几味农家菜式下饭，此外，还少不了两斤孖蒸（即双蒸酒）。吃饭时，林唐低声向黄恭说："澳门市面黑金（行内人对钨砂的“切口”，因钨砂色黑，战时十分抢手）。货疏市爽，相信这帮货会卖个好价钱。”

黄恭点点头说：“无论如何，我们不会卖给萝卜头（日本人），今天我们带来李仔，他英文流利，我们不必借用出番朱（乡人称呼翻译为“出番”，出番朱是朱姓翻译，懂英语，各国都有专人派驻澳门收购黑市钨砂。出番朱是钨砂市场红人）。不必怕他吃里爬外。”李仔是加拿大归国华侨李庭的儿子，虽然尚是一个大孩子，但性好冒险，和方展成是好友。此行愿意跟黄恭当翻译，食饭时正向大家学着大碗喝酒，大块吃肉。听到黄恭提到自己，微笑点头说：“黄大哥，我吃完了，让我代替牛旺上岸吃饭吧。”

牛旺正饿得七荤八素，一见李仔肯代替他，大喜过望，一拳捶在李仔肩膀上，咧嘴笑道：“李仔，你最够义气，今晚同你搵番个正斗货至得。”接着，飞奔进饭店，一仰头就是一杯孖蒸，啧着舌头说：“今朝有酒今朝醉！明日愁来明日挡。”

× × × ×

吃饱饭，电扒向十字门水域飞驰，半小时后，船已抵达澳门。停泊在沙梨头海皮，黄恭带方展成和李仔在12号码头登岸，余人守船待命。三人刚到，一身西装的出番朱便迎面而来，打了一个哈哈：“黄大哥，我早就猜你今天带货来澳，来，来，来。福田早就在东亚酒家开定大房相候。”

黄恭一脸不屑地说：“你唔叫福田去仆街？我有货不卖日本人，多多钱都假。血海深仇，老子不当汉奸！”

“嗄！黄大哥几时变得咁爱国？揽到嫌钱腥。”出番朱尚以为黄恭开玩笑。

“系，我系爱国，我系嫌钱腥，你吹我咩？你欢喜捧萝卜头是你事，老子偏偏唔捧。得唔得呀？”黄恭迈开大步向五洲酒家方向走去。出番朱知道五洲是法国买手皮亚诺住所，连忙收起嬉皮笑脸态度说：“系，唔做日本人生意，我地一于食法兰西大餐。”

黄恭摆一摆手说：“唔敢劳烦大驾，我自己去，上回你食水太深，怕你先怕米贵。”

出番朱只好目送黄恭一行人进五洲酒家找皮亚诺。

皮亚诺是法国人派驻澳门收购钨砂代理人。钨砂是稀土，制造武器少不了它。上世纪二三十年代是武器生产竞赛的时代，对于钨砂的需求极殷，各国都参加抢购。而钨砂产地，大多集中于赣、粤两地，其中珠江三角洲，更因水乡网络庞杂，难以监管，走私钨砂的土豪很多，大多用木船安上舷外马达（俗称电扒）把一袋一袋的钨砂（钨砂很重，只能以五十斤为一袋），偷运到澳门。皮亚诺这个红胡子、绿眼珠的老奸巨猾，平日与出番朱合作，朋比为奸，欺诈卖钨人，今天遇上李仔做黄恭的翻译，无隙可乘。李仔虽年幼，但平日跟随父亲李庭行走江湖，阅历已不少。皮亚诺只好老老实实付出市场好价钱，一手交钱，一手交货，派人到电扒验货收货，用港币付款。为了慰劳众人，也为了下回交易，他打电话到福隆新街“咏觞寨”，订下一席花酒，晚上 8 时，黄恭拉大队赴宴。

对李仔与方展成而言，饮花酒并不陌生，李仔少时常随父亲与商人谈生意到妓寨饮花酒，方展成参加黄恭走私钨砂时间不少，每次钨砂买卖成功，庆功宴都少不了他一份。由于次数多了，渐渐和妓女们厮熟，其中一位名为素馨的琵琶仔，更已成为他的红颜知己。那天晚上，方展成和李仔一进门，素馨便笑着迎上来说：“两位少爷仔久违了，搅到我个妹害了相思病，李少爷你真系冇阴功。”

“馨姊请勿打扮山草药，乱嗡一通为盼。婵姊几时会为我病染相思？”李仔有点不好意思。素馨佯怒道：“嗄！真系痴心女子负心汉，人家为佢病到五颜六色，估唔到佢咁薄情，重薄过《薄荷油》。”（《薄荷油》是妓门一支流行曲：“薄荷酒呀薄荷油，薄情人仔惹奴嬲，伴郎伴到三更后，清晨早起佢共妹梳头……”悲凄宛转，娼门中人人解唱。）

素馨，素婵二人同是咏觞寨中的“琵琶仔”。所谓琵琶仔，是妓寨中雏妓的一类，她们只以唱曲、奏乐、陪饮或清谈娱客，并不陪宿，她们都标榜“卖艺不卖身”。虽然称琵琶仔，所玩的乐器却不一定是琵琶。扬琴或古筝，都有所擅长。有些人更是十八般乐器，样样皆能，有些则琴棋书画，艺艺精通，最为文人墨客赏识。素馨，素婵二人，并非骨肉姐妹，来自不同家庭，以入寨先后称姐妹。但二人情同姐妹，是故姐妹相称。

素婵只是有点感冒，和衣倚在床栏阖眼养神，听到脚步声，赶快起来迎接二人出到大厅。厅上已摆上酒席，皮亚诺正操着半咸不淡粤语：“做生意，一家便宜两家着。以后继续合作。”黄恭张口大笑：“好！以后三水走马灯，陆续有来。”老成持重的林唐揸住酒杯沉吟说：“就怕萝卜头不敢北进而南下，占领港澳，我们的生意就做不长了。”皮亚诺用英语拍拍心口道：“我俾个天佢做胆，萝卜头敢郁花旗佬？佢在中国蹈入泥淖，甩唔出身，佢有排烦了。”大声吩咐素馨道：“来！素馨奏支《霸王卸甲》，睇住佢萝卜头仆街！”

素馨玩琵琶，素婵玩三弦，李仔玩二胡，方展成吹笛子，奏罢《霸王卸甲》，又奏《将军令》《赛龙夺锦》……大厅中十分热闹，弦索声传出户外，陪同福田途经福隆新街的出番朱，向福田说：“你听吓，搅到《霸王卸甲》咁威，都唔知个死字点写。”负手走向红窗门方向的福田咬牙切齿道：“忍住先，迟日佢地就知死。”

花酒饮到夜深2时才酒阑人散，黄恭在“事头婆”（鸨母）六姑香闺“屈房”，林唐和牛旺各有“老契”，躲进了温柔乡。素馨和素婵都是琵琶仔，不许把方展成和李仔留宿，只好各在小房子“干煎石斑”独宿无侣。李仔年纪尚幼，辛苦了一天，加上喝了几杯黑牌威士忌，头刚沾枕，便沉沉入梦。只有方展成躺在床上，想起素馨的席上浅笑轻颦，久久无法成寐。忽然记起席终时素馨把一方手帕塞进他的衣袋中，连忙起来，把那方手帕找出来，那是一方洁白的布帕，帕上洒满“双妹唛”花露水，发出沁人心脾的幽香，使他睡意全消，手帕的右角绣着一朵粉红色的素馨花，中央绣着一颗红心。他抑制着心猿意马，把手帕拥在心胸，直至黎明，才蒙眬入睡。

× × × ×

三天后，电扒上放满一罐罐原庄的“美孚火水”，沉重的火水使电扒吃水很深，此外，黄恭还购入一些西药、化妆品、日用品、衣料等内地所需货物，电扒到处塞满了货。大家饮过早茶，便解缆起锚，向内地回程。天气变了，西风中冷意加深，不时还夹杂着秋雨，船上人都披上雨蓑，风吹雨蓑，沙沙作响。海中渐渐涌起白头浪。掌舵的林唐小心翼翼把船带向西江，黄昏时候，船驶近黄牛山，左边岸上突然传来一阵轻机枪声。

首先中弹的是站在船艄的黄恭，枪弹从颈后穿过，只叫得“哎呀”一声便跌倒在水中。接着，机关枪猛烈向电扒扫射，牛旺正拔枪还击，却被枪弹击中胸膛。一罐罐的美孚火水被机枪射中，引致起火，方展成向李仔说：“跳水，快！”二人把枪高举过头，泅向左岸，倚着堤岸开枪还击，从草缝中看见一条黑大汉正伏在机关枪后扫射。方展成说：“你开火引他注意，让我兜过背后做低佢。”于是，李仔用两支左轮不断开火，他换弹匣极快，不让对方喘息。方展成猫着身腰迅速绕到后方，一梭枪弹把黑大汉右手射断，喝声："咪郁。"黑大汉捧着伤手回过身来，赫然见方展成的枪嘴正指向自己，吓得面无人色，连忙跪在泥地上叩头，口中喃喃自语："唔关我事，唔关我事，冤有头，债有主。"断手血流如注，不断凄厉呼痛。

方展成厉声喝道："你个死仆街！边个冚家铲指使你偷袭？讲！"

黑大汉全身抖震说："我讲……我讲……唔好杀我，系福田出一万咸龙（港币）要做低黄恭，机枪亦由他供给。"说毕，又向泥地叩头如捣蒜。

方展成把手枪插回腰带，把机枪拿到左手中，右手拔出匕首，向他厉声说："借你把衰口告诉福田，我方展成唔亲手攞佢狗命，我唔姓方。你个死契弟，为虎作伥，也不能轻饶。"说毕，把锋利的匕首向他双耳和鼻子一抹，他只觉得双耳和鼻子在剧痛中离开了身躯。再听得方展成暴喝一声："躝尸趌路！"飞起一脚，兜胸把他踢个饿狗抢屎。

方展成提着机枪和李仔会合，走到江边，只见电扒在熊熊大火中沉入江中，黄恭被伙计捞起，仰躺在堤岸上，奄奄一息，看见二人走来，勉强瞪开双眼低声说："查到系边个？"

李仔说："系福田个衰公。"

"成仔……你要……替我报仇。"黄恭气若游丝地说。

方展成双膝下跪，眼泪双垂说："黄大哥，成仔不能替你手刃福田，誓不为人。"

"好，还有……我答应过素馨……替佢赎身嫁给你……现在不能了。告诉她……我对佢食言……我对佢唔住。"黄恭在回光返照中，流下豆大的眼泪。

堤岸上，枪声终止，风雨萧瑟，黄恭咽下最后一口气。

林唐、方展成和李仔，到附近乡村中雇人把黄恭和其他伙计的尸身葬殓。回到潭江，各自散伙，林唐偕李仔到鹤山沙坪墟参加抗日游击部队，只有方展成单独一人，计划潜回澳门，扛起替黄恭复仇的任务。

× × × ×

就在这段时间，日本发动太平洋战争，1941 年 12 月 7 日，山本五十六指挥联合舰队偷袭珍珠港，接着，菲律宾、马来西亚、新加坡、香港、印度尼西亚都遭受日军侵略，一般人都预料日军会顺手把澳门拿过来。

然而，日军并不如一般人所料拿下澳门，占领广东的日军只是开到关闸，并未进入澳门半步。不过，日军虽然没有占领澳门，日本人的势力却空前膨胀，日方在澳设置各式各样的机构，借以打击抗日势力。澳门的报刊，以往是清一色的拥护抗战立场，甚至对汪精卫领导的南京政权，也口诛笔伐，不遗余力。自太平洋战争爆发后，报纸不许称日军为“日寇”，也不能骂汪政权为“汉奸”，甚至必须采用一定数目的日方新闻社消息，更有一家名为《西南日报》刊行，言论、消息都向日方倾斜，使澳门人如处身于“半沦陷区”。

由于日军采取“以战养战”政策，对邻近地区平日输澳食品加以限制，使澳门物价飞涨。一方面是贫苦人家变得更贫苦，另一方面是阿附日伪的人，变得更骄奢淫逸。每天到同善堂领粥的人龙越来越长，而福隆新街每夜的笙歌却越来越响。“咏觞寨”两位琵琶仔素馨和素婵，“台脚”更旺，汉奸引导来自华南、广州、香港的日本军官、政客、富商乃至高级间谍，来到“三花街”（福隆新街、福荣里、宜安里）买醉。几间规模较大的酒楼，更是大摆筵席。由于澳门欠缺日式艺妓，而素馨的琵琶，精彩绝伦，素婵的三弦（日本人称“三味线”），饶有日本音乐韵味，使二人在短期内声名大噪，变得比一些艳名远播的所谓“花国牡丹”“花国幽兰”，更受欢迎。在灯红酒绿的时候，她们二人并没有忘记她们的心上人方展成和李仔。在一次燕会中，出番朱跟随福田赴宴，趁着众人剧谈畅饮，出番朱把素馨引到厅角，低声说：“素馨，黄恭死了。走钨集团已烟消云散了。”

素馨好像晴天里听到一声炸雷，整个人立即摇摇欲坠，她勉强手握酸枝贵妃床的扶手，嗫嚅说：“……朱少爷，这是真的吗……你冇呃我……咁方仔呢？佢都死埋？哎哟！观音菩萨呀！救苦救难呀！冇阴功咯，咁我还生存在人世做乜？”

“素馨，你企定啲，咪咁惊青。”出番朱把摇摇欲坠的素馨扶好，“死剩三人，方仔，李仔和林唐。”接着说：“你今后要醒定啲，因住有人视你为重庆分子。”（日伪中人每将抗日人士称重庆分子，擅捕擅杀。）

二人不敢多说话，素馨心如刀剜地坐回客人身后，眼前的红灯绿酒，她都视如不见，只有方展成瘦削、挺拔的影子，不断在她眼前晃动。勉强支持到席终，她行尸走肉般乘坐包车回寨，立即倒卧在床上，掩面呜咽。那群师爷（龟奴）寮口嫂（妓寨佣妇）以为她在席上受了气，不敢动问。只有素婵乘夜深人静，偷偷进房，素馨立即抱着素婵哭道：“我们的男人差点被打死了。黄少爷死了……唉，你说，上苍还有眼吗？”

素婵也擦着眼泪说：“李仔平安，我就放心了，唉，黄少爷是个难得的好人，也要死于非命，上苍真冇眼。”

“婵妹，这场仗是我们民族绝续存亡之战，我们不想做亡国奴，就非打不可，我们的男人，不肯卖钨砂资敌，正是我们的骄傲，黄少爷死得好，如果人人都是黄少爷，中国就不会亡。不过，目前情势恶劣，我们一切都要小心。”

素婵点首回房。

这一年的冬天特别寒冷，澳门市面一片萧条，米价柴价涨得叫人无法相信，市上已经出现抢劫案件。饥饿难当的人，当街向手持食物的人抢掠，得手后就往口中塞进，任由物主殴打也不还手，警察也不忍把抢食者拘捕。街上充满衣衫褴褛的饥民，目光炯炯注视着买食的人。同善堂每天除了按人头派福粥外，还派车到街上收拾冷死饿死的尸体，一车一车地运到关闸外荒地蒿葬。更有传出有人杀害妇孺蒸制“人肉包子”的消息，福隆新街的红牌阿姑外出应局，都需有一二个孔武有力的大汉跟随保护。

节近尾祃的一个晚上，北风呼啸，冷雨纷飞，素馨应召乘坐包车由福隆新街到五洲酒家。下车之际，酒店门角闪出一条瘦长的人影，这人头戴一顶破旧毡帽，身上披着印有“同善堂”字样的棉袄，口中说：“大姑师奶，施舍个发财钱俾乞儿买食啦！”

素馨一愣，这副粗犷而略带温柔的音喉，是她无时无刻不渴望听到的语音。她立即抬眼相望，毡帽虽然遮掩他上半部脸孔，但是，那笔直的鼻梁和方正的下巴，正告诉自己，他就是她朝思暮想的男人。一时之间，她有立即拥抱这男人的冲动，但是，出番朱的警告在她耳边响起，她用力抑压了一时的冲动，低声说：“明天中午，到青洲自来水厂街角等我。别忘记。”随手掏出一卷纸币，塞进方展成手中。然后，装成若无其事的样子，袅着腰肢走向楼阶。宴会中，她神情兴奋地答应一个客人要求，唱出小明星首本曲子：《多情燕子归》。她自己抱琵琶拍和，唱到：“醉微微，力细细，轻挽娇妻，尚沉醉香衾里，双栖，双宿呀两心系，为解丁香带呀，解带度佢腰围，不是从前纤细，尚忆曩日离人各东西……”美妙的琵琶声伴着宛转的歌喉，使客人赞赏不已：“素馨真不愧是琵琶王，花街无人能出其右了。”

× × × ×

第二天，素馨不敢恋睡，很早就起床，披上布棉袖，告诉一个寮口嫂，回家一行，傍晚始回。福隆新街一片岑寂，行人稀少，她不乘包车，悄悄步行到新马路，雇了一部车仔，在青洲自来水厂附近下车，给了车费，站在街角等候。

凛冽的西北风刮着冻雨，卷起路旁的落叶，向她吹袭，她不由得开始发抖，只好把双手缩进棉衲袖子中。正等得不耐烦时，昨宵那个头戴破毡帽的乞丐出现在身旁，她一把揪着那乞丐的衣袖，低声喝道：“随我来！”

素馨急步向青洲菜地走去，方展成装成一个纠缠不舍的乞丐，跟着在后，喃喃地说：“施舍个发财钱，好心唔怕做……”菜地里有一间铁皮搭成的小屋，屋内一个老妇，正在用干草烧着午饭。素馨说：“她是我妈。”方展成称呼她为“冯伯母”，因为素馨本姓冯。接着，开了屋中一间小木板隔间房，素馨让方展成进去。木板隔间房窄小，陈设简陋，只有一床一台一椅，方展成坐在床沿，素馨贴身双手环着他的腰。方展成把头搁在她肩膀上，深深地吸了一口气：“能够揽到你，真要多得神恩庇佑。”

“此行更要观音神恩庇佑，我要暗杀福田替黄大哥报仇。”方展成说，“素馨，你能替我找个地方藏身吗？”他接着把黄恭山中伏的经过告诉她。素馨沉吟了一会儿说：“替黄少爷报仇，我们义不容辞，你就在这里藏身好了。”

原来这块菜地是素馨用多年积蓄买来的，她小时父母家贫，把她卖入娼门为琵琶仔，只是卖唱不卖身。幸好她的琵琶玩得好，即使不陪客人上床，也仍然常常得到额外打赏，而她又十分节俭，把赏钱积存起来，所以买了一小块菜地，建了一间铁皮屋让双亲居住，留下一间小房给自己作休憩地方。父亲前年病逝，菜地只由老妈耕种，虽然地小人少，赚不到钱，但他日年老色衰，赎身脱籍，也算有个栖身之所。如今正好让方展成作为藏身地。安排妥当，素馨钖了他一啖，便匆匆离开他，雇车赶回咏觞寨。

次日，方展成早上替冯妈妈担水浇菜，锄土除草，下午，收割一些小白菜，用竹箩担到市上唤卖，顺带打探福田行踪。为了不让敌伪人士认出，他把头发剃成光头，依然戴上那顶破旧毡帽，身上穿着一套灰布对襟唐装短打衫裤，卷起裤脚，脚上穿了旧车轮制成的“千里马”鞋，完全是一副乡下种田人打扮。沿街唤卖，小白菜很快沽清，他担着空箩走向福隆新街，看见素馨、素婵联袂乘着包车出应花笺（又称花符，花纸，局纸）。她们故意不瞅不睬，只抛了一个眼色，西北风依然凄厉，冬日的花街行人不多，都冷得把双手缩进袖里。冷雨已止，微弱的斜阳照在街上，小石子路冻作惨白色，他打听不到福田行踪，惘惘然回到菜地小屋。

他并不灰心，每天照旧上街卖菜打听消息，终于知道在太平洋战争后福田在澳门势力膨胀得很快，葡萄牙统治者对他另眼相看，他自己也晓得树敌极多，身边安置好几个保镖，荷枪实弹，戒备森严。方展成在街上卖菜，从未与他相遇。十二月月尾，澳门的花市设在中区议事亭前地，方展成陪冯妈妈吃过晚饭，单独踱到议事亭前地逛花市。红的绯桃，白的素梅，黄的万寿菊，粉红的吊钟……应有尽有，看得人眼花缭乱。花市中似乎并无穷人，那些汉奸和囤积居奇饱获厚利的商人，对于名花，只要合心意，一掷千金，毫无吝色。方展成无心看花，他除了打量行人，还要小心谨慎，不让自己成为别人注意的对象。忽然间，一部黑色汽车开过来，警察把途人驱开（澳门战时汽车极少，有车阶级非富即贵，有权有势分子每到一地，首先调派警察戒备）。一个穿着日本军装长着仁丹胡子的日本人下车，方展成认得他就是福田，接着，一个身穿狐皮长袍，长着公羊胡子的老头子在保镖搀扶之下下车。

“这老头子是谁？”方展成无法解释自己的疑惑。他担心被福田的保镖认出，匆匆离开花市，回青洲去。

次日，是小年夜，太阳下山前，素馨匆匆乘车仔回家，顺带买来几包的年货，送给妈妈过年。谈了一会儿，素馨便进入小板房，把房门关上，婉媚地投入方展成怀中，仰起脸向他说：“明天大除夕，我不能回家看你，因为福田已向六姑下定，要我到福田家中奏琵琶。”

“对了，昨晚我在花市看到福田陪着一个长山羊胡子的老头，他是谁？”

“据六姑说，他是福田叔父，是日本有名汉学家，少年时代曾在广州求学，酷嗜粤曲、粤乐，最爱听人奏琵琶。这次指定要我除夕到福田家中，是听说我的琵琶玩得最好，他还指定要听《昭君怨》《柳摇金》《贵妃醉酒》《夜思郎》等谱子。六姑担心我指法生疏，吩咐我好好地练一练，担心失礼客人，真是睇白云山系一担泥。也不打听一下方展成的女人是什么料。”她不屑地冷笑。

“好啊！”方展成欢喜得差点跳起来，紧紧地抱着素馨，“素馨，这次真是天从人愿，我正要打听福田家中位置，好好地服侍呢条萝卜头。请你好好记住各房方位，特别是浴室。”

素馨也欢快地说：“能替黄少爷报仇，要我做乜都得。我一定记好。”

× × × ×

素馨在福田家中吃过丰盛的团年饭后，福田起身告辞，他要参加日本驻澳门领事馆的酒会。临行吩咐素馨好好弹奏几曲琵琶让叔父听，因为老人家最爱聆听广东谱子，尤其是那首《夜思郎》。他留下一部汽车，夜深后，乘载素馨回福隆新街。

“素馨，你的琵琶玩得真好。”福田的叔父木村听罢素馨奏完那首《夜思郎》，坐在藤摇椅上轻轻捋着山羊胡子使用流利的粤语，由衷地赞叹，“使我想起当年在广州大沙头紫洞艇上那些阿姑奏琵琶的往事。”

“木村先生，你能告诉我一些当年紫洞艇上的情景吗？”素馨料不到一个日本人会对粤乐如此发生兴趣。

“当年有一个琵琶仔叫花影，她玩琵琶和你一样好，也像你一样温柔大方，我非常欢喜她，我们已私订终身。她奏《夜思郎》，真能催人下泪，可惜……”木村黯然神伤，说不下去。

“可惜什么？”素馨好奇追问下去，“可惜有情人不能成为眷属？”

老头子摇摇头，从衣袋中掏出白手帕拭眼泪：“她投水死了。”

“她为什么要投水？”素馨由花影想到自己，不禁喃喃自语，“琵琶仔，难道琵琶仔注定没有好下场？”

老头子凄然低语：“是种族仇恨害死她，我父亲是田中首相幕僚，他派我到广州读书目的是要打听中国国情，征服中国。偏偏我受中华文化熏陶，越爱越深，不能自拔，他一怒之下，把我召回日本，另行婚配。花影闻讯投江自尽，我虽回日，从事研究汉学，但终身不为侵华设一谋。我没有儿子，福田只是侄儿，他是他，我是我，这回到广州，眼见繁华一空，我和中国人一样心痛，唉！日中是兄弟之邦，为何不能和平共处啊？”言下不胜唏嘘。

“老先生，这番话你该告诉福田先生啊。”素馨低声说。

老头子说：“我也不知告诉他多少次了。无奈他是东条（当时日相东条英机）的信徒，我这次应邀，并非要看什么皇军的战功，只望在有生之年，再听一次《夜思郎》，再看一次淹死我情人的珠江。”

“你感到失望吗？”

老头子点点头说：“云山无色，珠海无光，我身为征服国国民，只好掩面而过。澳门好一点，但饿殍盈街，民有菜色，都是我们日本人作的孽。我惭愧啊。素馨，我听你弹奏琵琶，也是黄连树下弹琴，苦中作乐啊。大年初三，我就回日，此后不再来华了。”

素馨想起听到几年来日军的暴行，更想起此次方展成复仇的任务，她听说福田是柔道九段，如果万一行刺失败，丧生福田手下，自己就是个望门守寡的女人，今后还有什么指望？不禁哭出声来，只说了一声失陪，掩面奔进浴室痛哭起来。

厅中的木村了解素馨国家沦亡的心情，隔着浴室门，他轻声说：“素馨，你要哭就哭吧。我会吩咐司机载你回寨。”

十五分钟后，素馨重返客厅，回复常态，诚挚地向木村道歉，再向他道别：“我告辞了，老太爷，你是好人，愿菩萨庇佑你。”

× × × ×

元宵节晚上，福田送走木村后，第一次出门应酬。由于要过节，他让他的贴身保镖回家和家人团聚，他单独一人赴宴。主人是黄公杰，太平洋战争爆发后，黄公杰由于有日本人为后台，一跃而成澳门一霸。福田虽然看不起这个绿林出身的粗人，但为了截断珠三角游击分子出没十字门水域路线，尚需依赖这个人所掌握的线报，不得不对他敷衍敷衍，固很早就告辞回家。

乘车回到家中，他想来一次淋浴，走进睡房，脱却西装，步入浴室，忽然感觉到一条比铁条还坚硬的手肘，紧紧勒住自己的颈喉。

福田是柔道高手，心中一凛，知道遭遇到埋伏浴室门后的杀手袭击，正要发力把身后的敌人从身后摔开，不料，敌人早知他会施展这一着，一支锋利无比的匕首正正抵着腰背，冷冷的，低沉的声音响起："福田，我是方展成，今晚教你也晓得被人伏击的滋味不好受吧！"

福田被铁臂勒得快要窒息，要回答也不能发声，只能软弱地点头。他正庆幸勒颈的铁臂稍稍松弛一点，可是，那支锋利的匕首已越刺越深，他感觉到痛楚难支，正要开口呼救，接着，那条铁臂一松，一团破布被人强塞进口中。他又感觉到匕首刚从腰背拔出，立即就刺进心脏，他立即全身软软地无声地倒卧在地上。

方展成把匕首拔出，拿到洗盥盘中把血迹洗清，插回腰带中，然后打开百叶窗沿着钩在窗沿的绳子，跳到地上，再翻过围墙，由屋后小巷潜回青洲。

一轮元宵皓月，冷冷地照着青洲，北风呼啸掠过树梢，方展成仰起头来，双眸盈泪，低声说："黄大哥和各位泉下好友，小弟成仔没有忘记你们，我今晚手刃福田，替你们报却血海深仇，你们在九泉安息吧。"

冷月无言，风声萧萧。方展成把腰间匕首抽出，埋在菜地泥土中。

× × × ×

1999年12月，老态龙钟的李仔，从加拿大多伦多市搭乘航班回澳门参观澳门回归典礼，航班在芝加哥转机，他走到航空公司报到处，听到一片争吵声。一位地勤女职员向一位金发白人女子说："你这件乐器一定要寄舱，不能随人登机。"金发女子气急败坏地说："不！搬运行李工人把它摔坏怎么办？它是我的性命，有我就有它！"

“你要携它随身登机也可以，你必须多买一张机票，让它坐在你身旁。”

“好，我买多一票，它是我性命，性命比票价贵。”金发女子毫不犹疑地付钱。

“它是什么金子打造的？值得你如此重视？”地勤职员好奇之心大起，“你可以拿出来让我开开眼界吗？”

金发女子把乐器匣打开，一支老旧的琵琶安卧在匣中。李仔一见，双眼发亮，一改衰颓老迈之态，立即失声叫道：“琵琶！素馨姊的琵琶！”他情不自禁伸手拿出来，抱在怀中，把满是皱纹的老脸偎贴在琵琶弦上，福隆新街的管弦之声立即在他耳边响起，素馨和素婵的影子在他老眼中闪动。他禁不住热泪盈眶，用颤巍巍的手指拭泪。

“老先生……老先生……你怎么了？你认识这琵琶吗？”金发女子担心遇到失智长者，“你就是我师父口中常说的李仔？”

李仔冷静一下，知道有点失态，表示歉意说：“对不起，我就是李仔，我太冲动了。有一时期，我和它朝夕相对。它的主人，和我去世的老伴以姊妹相称。我对它太熟识了。琵琶上一个馨字（防被他人盗窃），还是我用画眉笔写下的笔迹。她这琵琶是名师所制，馨姐对它如珠如宝，我知道得太清楚了。”他恋恋不舍地把琵琶放回乐匣中。

“你太太是素婵姑娘？她过世了？”

李仔一下子神色黯然，点头说：“她抛下我走了。素馨姊是你师父，方展成是你师丈？他们怎么了？”

她从手袋中取出一张名片，印有中、英文：

方素梅澳门琵琶名家方冯素馨唯一传人。

教授粤乐琵琶指法

方素梅把李仔延至咖啡档，隔着咖啡香，她说："我是美国白人，父母早年曾在澳门收购钨砂，听过师父奏琵琶，认为是神技。师丈刺杀福田后，曾遭日本人通缉追杀，由于青洲隐蔽，师丈始终未落敌手。战后，父亲以传授中国音乐为理由，申请师父夫妇到纽约，二人在美国开设农场种菜，供应唐人街酒楼，掩饰身份，只将琵琶绝技传授我一人。他们无儿女，我是谊女，也是女儿。故我姓方，素梅是延续'素'字辈分。他们在一次车祸中双双丧生。生前，他们告诉我当年许多澳门所发生的往事，故我知道李仔和素婵的名字。此次是到芝加哥应一家大学之邀演奏琵琶。演奏完成，正要由芝加哥回纽约。"

方素梅一席话，使李仔了解方展成和素馨二人战后的生活概况，听到老友车祸双亡的遭遇，想起老伴素婵，单独一人走向茫茫黄泉路，又一次老泪纵横。方素梅拿出纸巾："老先生，请不要难过……一切都已成为历史了。"

"历史？谁还想要了解历史？有人把我们当年往事看成吹牛，我们的血汗，算是白流了。"李仔哽咽说，"清明重阳，你如上坟，请你代我告知你父母，素婵走了，李仔也来日无多了。我们相逢的日子，不会太远了。"

说到这里，扩音器呼唤旅客登机，方素梅忽然如有所悟，匆匆从手袋中掏出一片录音碟，送给李仔："这是师父琵琶精粹之作，送给你好好重温老友的琵琶绝技。老先生，再见了。"

十二月的芝加哥机场，霜风如吼，雪花如掌，李仔踽踽独行，登上回澳航机，找到座位，安顿下来，打开手提电脑，插入唱碟，素馨那手凄婉的琵琶，夹着方展成呜咽的洞箫声响起来，第一首正是《夜思郎》。他望着航机外风雪，滴下辛酸的老泪。

# 平安夜

雪越下越大，风越吹越猛，我驾驶着福特牌半吨重越野小货车，冒着大风雪由多伦多市向北沿 400 号公路驰往巴里市。

车中的收音机正播送着圣诞歌曲《平安夜》，轻柔的旋律缓缓地抚慰着我这颗天涯游子的心。我不由自主地随着歌声低唱，我渐渐想起澳门柯高马路（现在的高士德路）昔年圣诞节日常常听到教徒们逐家逐户报佳音的歌声，然而，我现在却处身于远隔数万里的北美洲五湖区。我答应过茱迪一定可以赶及把十箱苹果和十箱梨子送交巴利基督教教堂厨房，供圣诞节大餐之用。我不能迟到，我虽不是教徒，但不能失信于士丹利和茱迪，更不能失信于上帝。

前面是铲雪车在慢慢地把积雪铲开，随着撒盐，缓慢的车速使我思潮跌落到回忆中。

× × × ×

那是我由千里达初到加拿大之时，我在一间印刷厂中工作，间中也尝试着用英文撰写短篇小说寄给英文杂志社。老实说，我从未一天进过正式的英文学校，由于我的英文是野狐禅，在文法上有时不能不向茱迪请教。当时茱迪是厂中的校对，绮年玉貌，她样子甜得像电影《金枝玉叶》中的柯德莉夏萍。正是人甜如蜜，声脆似莺。她文法很好，但有时也遇到“拦路虎”，连她都搞不清楚时，不得不致电她的丈夫士丹利请教。士丹利是英文报纸的编辑，有“文法王”之称，已入中年，一派高级行政人员风度。渐渐地，我和他们夫妇成了朋友，我们一同到唐人街吃饭，到鲟鱼湖冰钓，到闪高湖露营。士丹利酷爱红叶，每年秋深，有空时，常常独自开车到山川壮丽之处，观赏红枫，看见景致美妙时，从裤子后袋抽出半樽伏特加酒，喝上一口，有空时也带我同去，年去岁来，我也渐渐爱带酒去看红叶。直至我退出印刷行业，改行养鸡开超市，我们来往渐稀。

× × × ×

有一年，我抽空驾车去看红叶，到白求恩故乡一条乡路其中的一所麦当劳店子，对着漫山遍野的红叶，诗兴悠然。正喝着咖啡，忽然一阵伏特加酒香，随秋风送过来，我转头望去，这不是士丹利？我放下咖啡杯，走过去，叫一声“士丹利”。

“哈啰。”转过脸来，正是他，十几年不见，我几乎认不出来，他瘦了两圈。脸庞瘦削，头发全白，胡子又长又乱，身上的麐皮风褛皱巴巴的，袖子脏成反光体。当年的翩翩风度不见了，完全换了另一个人，如果不是仍喝伏特加，完全是一副流浪汉的模样，我就不敢叫他。

“你怎么变成这副样子？”我急着问他，“茱迪呢？”

“我失业多年了，互联网来了，报纸销路一蹶不振，你是知道的，没有职业，没有收入，就没有爱情，我们分居了，她现在和别人同居。”

“那，那，那怎么成。”我急得口吃起来。

“有什么成不成，女人变了心，不成也得成。”他苦笑时露出零零落落的门牙，“我现在是寡人孤家。同时也是个酗酒者。”把樽中余酒都倒到咖啡杯中，一口喝光。问我：“你有酒吗？”

“我有。可是不是给酗酒人顶瘾。”我把酒拿出来说，“士丹利，你这个样子把我吓坏了。你是高级知识分子，你不是流浪汉。你应该振作起来，恢复昔年大报编辑风度。”

“风度？风度值多少钱？”他把我带来的威士忌开了倒到杯子里喝起来。正喝得高兴，麦当劳的店长闻到酒香，走过来说：“先生们，我们这里可不许喝酒。对不起。”

“狗眼看人低，呸！我哪一年看红叶没到你这倒霉店子喝酒？那时我开奔驰，你们就不管我喝什么，现在开破车，你就说三道四。”他捋着胡子气愤愤地咒骂着，向我说，“走，到我车子喝，一醉解千愁。”

“士丹利，一醉解不了千愁，你不是个天生的酒徒，失业有什么了不起，难道你不配到印刷厂当校对？”我跟随着他走进停泊在车场上他那架撞得体无完肤的本田客货老爷车，车内一片凌乱，散开的薄被、穿过的袜子、脏了的恤衫、染垢的裤子，都发出臭味，最令人恶心的是后座上留着一个用过的保险套。士丹利眼快，一手把它抓起来丢出车外，再向我扮一个鬼脸，低声说：“它也是无家可归者。”

在老爷车中，我忍受着臭味，聆听他告诉我这十多年的经过：

他是多伦多市一家销量第一的英文报纸编辑，薪金很高，生活非常舒适，把美女茱迪娶进家来，过了一段为人艳羡的日子。然而，好景不长，互联网像摄青鬼一样突如其来，一切都不一样了。报纸销路直线下降，公司不得不把他炒了鱿鱼，加拿大的失业保险金一年就断了。要想在本行找职位难于上天，他天天怨天尤人，借酒消愁，酒瘾越来越重，渐至无法自拔。而夫妇之间的关系越来越恶劣，偏偏就在这时，茱迪遇上一个女同性恋者，对方的遭遇与她相似，二人由同情而相恋。茱迪很快便和他办好分居手续，把房子卖掉，把钱平分，再与女同性恋者同居。茱迪仍在印刷厂工作，生活无忧，可是，士丹利奔驰车卖掉，换了这架破旧本田，车也是它，屋也是它。冬夜委实挨不起严寒，便到露宿者中心睡一宵。露宿者中心是基督教主办的慈善机构，专为无家可归者而设，夏夜有冷气，冬夜有暖气。十多年过去，他已到六十五岁，可以领取老人金。一位旧友让他住进一间废弃的车房，但是，付清水费和电费，老人金已所余无几。够吃饭就不够喝酒，够喝酒就不够买冬衣。说到这里，他旋开车窗伸手抓住飞过的一片红叶，长长地叹一口气说："烈声，我现在就像这片飘零的红叶，一天一天地枯萎下去，很快就长眠在泥土中，生无人知，死也无人惜。"

听到这里，我已控制不住眼泪，一把夺过那片红叶，高声说："不！士丹利，你不是红叶，你是枫树，深秋虽然掉光叶子，但挨过寒冬，它就会流出甜美的枫糖。"我把钱包掏出来，把余下的钱都给了他，再给他一张名片说："我是超市商人，你要钱，只要拨电话，我借给你。可是，你必须把酒瘾戒掉。你可以找工作，可以写小说，你必须把以往的才华找回来，不许让它流失。枫树只会落叶，不会枯萎。我们必须再度生产枫糖。"他瞪大双眼望定我，慢慢地，泪水涌现，举起衣袖，拭去泪痕，轻轻点头。

我们握手作别。我回到我的车中，看着他把车子发动，绝尘而去，西风卷起无数红叶。我对面的枫树光秃秃地顶着青天，默默不言。

× × × ×

两个月后，士丹利打电话约我到麦当劳喝咖啡，我准备点现金，以应付他急需。我准时赴约。我一进店门，他就由座上起立，微笑着说："你仍是守时的李依时。"（在唐人街，我以守时著名，绰号是李依时。）我也笑道："我就是因为不肯让你们白人嘲笑华人不守时而争一口气。”我仔细看他，胡子剃得干干净净，衣服他也洗濯清洁，脸上挂着自信的微笑。

我们坐下后，我掏出钱来，他一手按着我的钞票，一手拿出一沓加币说：“这是上次你借给我的钱，现在还你。”

“你从哪里弄钱？你不能使用不义之财，你忘了我们从前互相砥砺？钱不够用就不必勉强，我今天不是为讨债而来。”

士丹利喜形于色说：“自从看红叶后，我回去躺下细想，你没错，我不应做红叶，我要做枫树。我到戒酒中心把酒瘾戒掉，我放下身段，到一家中餐馆外卖部做外卖电话接线员。除了接外卖柯打，还替餐馆排解与顾客间纠纷。市政府的卫生督察欺负华人餐馆，我代表餐馆主人上法庭。你知道当编辑时我学过一点法律，我在法官面前雄辩滔滔，把欺负华人的卫生督察骂得体无完肤。餐馆主人很欢喜我，除了供我免费三餐，给我工资，还让我住进职工宿舍。于是，我又恢复失去已久的人类尊严。我曾到处打听，终于有了茱迪的下落。”

我伸手与他相握说：“中国诗人李白说过，天生我材必有用，千金散尽还复来。钱跑掉没有什么了不起，再从头找过就是了。”我诡异地低笑：“你有了保险套主人，还找茱迪？”

“想想还是茱迪好，谁也比不上她。她漂亮而温柔，你与她同事多年，一定也有同感。”他有点不好意思。转过话题，“感恩节来了，有什么节目？有空，我们去吃感恩节大餐。一言为定，感恩节下午，我用老爷车接你到巴里市，大餐就在那里举行。”

× × × ×

到了感恩节那天，我从我的屠场中拿出四只烟熏火鸡，乘搭士丹利的老爷车，前往该市基督教教堂。到了那里我才知道基督教会每年感恩节，铁定举行免费大餐，招待无家可归的男女。十多年来，士丹利风雨不改到教会享用免费大餐，此次精心设计，把我引来，是为了要我捐出烟熏火鸡。他曾吃过我送他屠场所制的火鸡，因为我们的火鸡是用低温熏出来，不干不柴，肉质鲜嫩，味道远胜市面所售。当我用手推小车把火鸡推进厨房时，忽然听到有人呼唤我的名字，那清脆的声音把我唤回在印刷厂工作时的记忆，我转头一看，呼唤我的竟是老同事茱迪。

十余年不见，茱迪变得珠圆玉润，不再瘦骨嶙峋，不变的只有那清脆如莺的语音。我惊喜莫名，和她相拥亲颊，问她何以至此。她说她是巴里人，从小就是神的女儿，结婚后因士丹利是无神论者，渐渐疏远教会，分居后由老牧师循循善诱，重回信仰，及至最近，觉得因贫穷而弃夫与别人搅同性恋不合基督教义，便与同居达十年的伴侣分开，过着独身生活。今年感恩节大餐，她参加当义工，她听说有人捐烟熏火鸡，正在怀念从前我每年送给士丹利的应节火鸡，想不到捐送火鸡者竟然是同一个人。说到这里她忍不住泪光莹然，口中喃喃自语："感谢上帝，神真爱人。"

其他义工立即把火鸡放进焗炉加热，忙得手忙脚乱。我连忙退出厨房，到大堂坐下，等待大餐。不久，义工们纷纷把一盘盘的热菜擎出来，除了由我捐出的火鸡片外，还有焗牛肉、马铃薯、焗猪排、焗大西洋哈利拔鱼柳、青豆和杂菜。老牧师带领大家感谢上帝恩赐美食，我的盘子由茱迪擎来，没有火鸡片，全是焗牛肉。她低笑道："老同事，我仍然记得你爱吃牛肉，不爱吃鱼的嗜好。"

当她擎盘给士丹利时，低鬟一笑，百媚俱生，依依不忍遽离，士丹利执着她的小手，轻声说："茱迪，我可以约会你吗？你知我有多想念你。"茱迪不忍把手抽回，用另一只手掩握着嘴巴，尽量不让自己哭出声来，我在旁看得好心疼。于是，我站起身，拿起扩音器说:“各位，感恩节快乐，我是一个天主教徒，基督教会举办流浪者免费叙餐，使我感动。今天的火鸡是我捐出来的，听说还有平安夜大餐，到时我愿捐出苹果和梨子各十箱，到时请大家参加享用。”我只想多制造一个机会，让这对痴男怨女再见一次面。在座流浪者一片欢笑声中，茱迪掩着脸跑进洗手间放声痛哭……

× × × ×

以上就是我在平安夜冒着大风雪赶路的原因。铲雪车一边铲雪一边撒盐，老牧师监督着义工们在大门悬挂着冬青枝和彩带，大堂中的圣诞树火树银花。可是，当我把苹果与梨子用车推进教堂的厨房时，却看不见茱迪的影子。我问厨房中正在忙碌的义工，她们都一脸茫然。我跑出大堂，一台一台地找，也找不到士丹利，估计风雪太大，道路交通阻塞，亦可能天气太冷，他那架老爷本田客货车电池太弱，发动不起来。何况今晚是圣诞节前夕，CAA 太忙，可能派不出救护车来协助。

天气渐渐接近入黑，报了名的流浪汉越来越多，士丹利与茱迪依然不见踪影，而天上的雪花依然扯絮挦绵地落着，北风也壮牛也似的吼着，可是这对分离十多年的夫妇却往哪里去了？

晚上 7 时整，圣诞大餐正式开始。一盘一盘的菜肴，由义工们端出来，热气腾腾，肉香四溢。老牧师颤巍巍出现，他首先带领大家做谢食祈祷，然后语气一转，高声说:“各位兄弟姐妹，这个普天同兴的日子，我们不只要感谢上帝赐给我们饮食，更要感恩他赐给姻缘，士丹利和茱迪十多年前是一对恩爱夫妇，因为环境恶劣而分居，茱迪因当义工而回到教会，士丹利因参加感恩节大餐而到教会。在餐会中重逢，重燃爱火，他们决心复合，各位兄弟姐妹，请问：这不是神的恩典是什么？”

老牧师语音始落，满座欢声雷动，在欢呼和拍掌声中，西装昂然的士丹利拖着一身纯白晚礼服的茱迪缓步出来，这位曾经红极一时的大报编辑，态度从容地先向满座流浪汉施礼说："各位兄弟姐妹，你们许多人都认识我，我流浪十多年，从来不思振作，直至有一天，我的朋友李先生。"他停下来，指一指我："他说：我们不要做红叶，我们要做枫树，叶子掉光有什么了不起，我们要咬紧牙关，挨过严冬，春天来了，我们仍要流出枫糖。圣经说：他们年老的时候，仍要结果子。希望大家以我为鉴，不要轻言放弃。"他转过身来，向茱迪："茱迪，我不知我说错过什么话，或者做错过什么事，都请你原谅我。"

化妆得娇艳欲滴的茱迪紧紧扣着士丹利的臂弯说："从今晚开始，无论贫穷与疾病，我们都生在一起，死在一起，相思的滋味太难受了。"

我吃光盘中的牛肉，开车踏上归途。车中的收音机正播着："平安夜……圣善夜……"

# 山棯

吴捷疲倦地把猎枪倚靠在一棵枞树树荫下，坐在开始发黄的草地上，掏出橡木烟斗，塞满烟丝，悠闲地擦了火柴，吸了一口，游目四骋：三面群山高耸，遮断半边青天，只剩北方面向北冰洋，冷冷的秋风，从洋面吹来，把他背部的冷汗，很快吹干了。

他向左方的灌木丛望过去，一丛丛的蓝莓成熟了，蓝得发黑，当风摇曳，他自言自语："这些蓝莓，看上去活像山棯，松山脚下的山棯，也该成熟了。"

吴捷是土生土长澳门人，小时候，在澳门上学，每年过了立秋，便到松山脚下的草丛中找寻蟋蟀，运气好时，可以找到成熟的山棯。

育空是加拿大面向北冰洋的边陲地方，西边与美国阿拉斯加为邻，南面是卑斯省和阿伯达省，地方辽阔，人口稀少，他做梦也想不到会跑到这个加国极地度夏。渐渐地，他对这地方产生好感。

吴捷到加拿大后在一家印刷厂工作，认识一位欧印混血儿工人琼斯，琼斯在厂是个短期工人，每年只工作几个星期，他告诉吴捷：他来自育空，是个猎人兼渔人。谈起育空的环境和生活，使吴捷大感兴趣，他正对城市生活感到讨厌，便跟琼斯一同到育空度夏。

琼斯母亲是印第安人，父亲是英国人，在育空捕捉从海洋回游的鲑鱼，腌制成烟熏鲑鱼，在当地小有名气，销路很好。吴捷跟他到他家，正值鲑鱼回游季节。

北太平洋的鲑鱼有恋乡特性，它们出生于育空原始森林的河溪中，稍长便游到太平洋生活与长大。每年春季，北地冰雪初消，河流溪涧，雪水淙淙，鲑鱼成群结队，朝故乡进发。回乡之路并不平顺，水流湍急，河溪中的河床，怪石嶙峋。当它们向上游进发之时，常常被石尖刺割得鳞脱皮破，鲜血淋漓。更可怕的是那些饿了一整个严冬的黑熊和棕熊，走进河中，捕捉游鱼，使它们丧生在血盆巨口中。然而，它们仍是百折不回，勇往直前，直至找到出生地段，把鱼卵产下，然后筋疲力尽而亡。每次当吴捷看到鲑鱼为了回乡而不惜付出生命的代价时，都摇首长叹:“鲑鱼为了回乡，不惜一死，我吴捷连一条鲑鱼都比不上，真是枉生人世。”

鲑鱼无法了解他的心情，只是继续奔向回乡之路。

数月以来，他协助琼斯捕鱼、剖鱼、腌鱼、熏鱼，把一条一条熏好的鲑鱼用纸箱藏好，让琼斯把鱼运到黄刀、白马、费班等地出售。他正庆幸可以在这北国极地容身时，坏消息来了。

在琼斯售出最后一批熏鱼时，他顺便到黄刀市全科医院做健康检查，医方发觉他患了肺癌，必须立即住院进行治疗。于是，他把坏消息告诉吴捷，吩咐他替他看守家园，直至他病愈归来。

为了友道，吴捷不得不替他守家，他储足一个冬季的木柴为越冬取暖的燃料。今天，他携了一支单响的猎枪，把两头猎狗留下来看家，带点干粮，划着铝质小船往上游划去。划了两个钟头，他发觉两臂酸痛，把小船停下来，用绳系在一株宝塔松下，携枪登岸，看看这片北美极地，有没有山棯这种野果。

漫山遍野的灌木，都是野莓，西风吹过，野莓叶子瑟瑟作响。他慢慢拨开野莓，找寻当年在澳门吃过的山棯。忽然眼前一亮，终于，在一株赤杨树下，一串红黑色的果子出现：山棯！他差点叫呼出来。珍而重之地把那串山棯摘到掌中："山棯，我好想你呀！"他把一颗放进口中："我的宝贝山棯，你还是那么甜美，你还是当年的你，我可不是当年的我了，我是一个小老头了。"

他长叹一声，把手中的山棯一颗一颗吃掉，觉得有点饿，从挂袋中拿出一个鲑鱼三文治，慢慢吃下，再拿出咖啡瓶，喝了几口。头上高空传来雁声，他仰首一看，太阳已经偏西，他打算找回小船，缓缓归去。

走着走着，他发觉通往河边的鹿径，有一块灰色的石头。定睛一看，那石头正在移动，这哪里是石头？是一头野兽，狼？

他心中一凛：狼？这是我落脚育空第一次遇狼！不过，只有一头狼，我的单响猎枪足以应付它。

他装上子弹，扳起枪机，一面前进一面瞄准狼头。那头狼见他并不畏惧，站立起前来，颈毛竖起，张开嘴巴："呜！呜！"发出狼嗥。

狼在发现食物后，知道单身不足以下手，便会嗥叫，把同伴唤来一齐进攻。

那头挡路的狼嗥叫数次，灌木丛沙沙有声，跑来几头赶来增援的狼。挡路的狼高大强雄，后来者看上去也不弱，显然，前者是狼群首领。它看见狼群到齐，便高声嗥叫，其余狼群，也同声应和。在空旷的荒郊中，几头饿狼一齐嗥叫，使吴捷心胆俱寒。

"糟了！我不该带单响枪，我射杀一头，它们会趁我装弹时一拥而上，我怎能应付？"吴捷后悔没有把连发猎枪带来，他一向认为使用连发枪是恃强凌弱的游戏，狩猎应该公平，不该倚赖机械屠杀。可是，在原野中，弱肉注定被强者所食，谁来管你公平不公平？

“吴捷，算了，你这副越来越老的身躯，注定要葬在这群饿狼腹中，这是你平日讲究公平的报应。”他喃喃自语，“谨记，下辈子不要再讲求什么公平了，你被公平累够了，数十年来，谁对你公平过？”

他闭上眼睛，打算任由饿狼扑过来，然而，他觉得如此放弃挣扎，束手待毙，未免太窝囊了：“吴捷，你是如此一个窝囊废吗？你连垂死挣扎都不敢，你往年的硬朗气概往哪里去了？”想到这里，他迅速向狼首领扳机发射，轰一声，枪弹从狼的双眼射进，狼发出哀嚎。他顾不上看看那狼的生死，立即从口袋中掏出子弹，装弹并迅速发射，另一头狼应声倒毙。他再要掏弹，但那群狼一拥而上，其中一头扑到他身体左侧，他本能伸手一格，他感到一阵剧痛。他知道左臂已被狼牙咬住，他用力把左臂一挥，那狼被他臂力摔开。他看到狼的口中含着他臂上的皮和肉，血淋淋的，掏出的子弹掉在地上，他痛得蹲下，群狼一齐扑过来，他发出最后一声叹息：“吴捷，你完了。”

忽然，一串响亮的枪声从右侧响起，群狼纷纷倒地。他坐在地上草丛中，向右侧望去，一抹斜阳，映出一条黑色影子，由马尾发型和纤小腰身看去，像是一个女子，身旁站着一匹黑马。

他摇摇头：“吴捷，堂堂男子汉，依靠女人相救，吴捷呀，你越来越没出息了。”

“哈啰！”那黑影向他打招呼，“你没事吗？”

他捧着流血的左手：“差点往地狱报到，多谢你救命之恩。”

那女人把猎枪插回枪袋，牵着一匹黑马，右手一掀，把发巾除下，头发半白，微笑露出一排白齿，说道：“不是我救你，是珍妮听到狼嗥，挣扎着要我跑来。我看见狼群向你扑去，急得见狼就射，幸亏枪法犹在，一轮急射，把它们射杀。”

她走过来，弯腰把吴捷扶起，慢慢走向黑马：“我要是来迟一秒就不堪设想。”

吴捷勉强迈开脚步走过去，右手拍拍黑马的头颅：“珍妮！珍妮！多谢你呀！你救了老头一命。”

那女人伸出手来：“我的名字是珍纳·汉密顿。”

吴捷和她握手，再拥吻她的脸颊：“我是吴捷，中国人。珍纳，你来迟半步，我就安息了。”他把此行经过告诉她。

她拔出腰刀把他的衬衣割开，仔细查看后说：“伤得不轻，狼齿差点咬到臂骨，必须缝合，否则，流血就要你老命。”

“可是，我必须划船回家。”他忍痛说。

她蛾眉半蹙说：“傻瓜，你的左臂伤得那么厉害，怎能划船回去？何况黑夜划船，小心遇熊呀！我看你还是到我家去，让我替你注射破伤风针和防狂犬症药为宜。”

看看暮色渐深，他不再作声。珍纳把他的衬衫割成绷带，把伤口包扎起来：“你会骑马吗？”

他说：“我曾骑过骡子。”

她扶他登上马背后半部，然后迅速跨上马背前部：“右手揽紧我的腰肢，把下巴压在我肩上。”

她娇叱一声，黑马小跑起来。

夜幕低垂，林中寒气迫人，左臂疼痛异常。他紧紧抱着她的腰肢，身体贴紧她，他感到她的体温，闻到她的发香，夹杂着女人的汗味，他想起死去十年妻子的体香。

“她在天堂哪一个角落？她知道我几乎死在狼口中吗？二十年来，她照顾我，没有她，我就险些葬身狼腹。”他昏昏然，把下巴贴紧珍纳的肩膀上，贪婪地吸进她的体香，体香使他忘掉一部分臂痛。

黑马停下，她说：“到了，这是我的小屋。”一幢石头砌叠的小屋。她小心地扶他下马，再引导他进入石屋内厅，屋顶悬着一盏石油灯，朦胧灯光下，一室生温，空气中荡漾出鹿肉炖马铃薯的香味。

她搀扶他斜躺在一张破旧沙发上，把绷带除下，替他注射破伤风和狂犬症药，然后，把伤口缝合，又给他几片止痛药丸。他听到她忙碌时的喘息声：“珍纳！为了我，把你忙坏了。”

她嫣然一笑：“不要紧，我曾是黄刀市一家医院的护士，济病扶危，是我的天职，你小睡片刻，我弄好晚饭，再招呼你进餐。”

止痛药使他很快入睡。不久，他感到有人拍打他的脸颊，他苏醒过来时，珍纳招呼他吃晚饭：“喝碗热汤再睡。”

他坐起身来，吃了两片面包、半盘鹿骨蔬菜汤，珍纳扶他进入客房中，替他甩掉靴子，让他平躺床上，给他盖上毛毡，低声说：“我就睡在对面主人房，有事，不妨高声呼唤，我就过来。”

他对她衷心感激：“珍纳，你真是一个好女人，愿上帝眷顾你。”

她浅浅一笑，掉头出房，屋外传来嘹亮的雁声。

次日，浓浓的咖啡香味使他很早就醒来，向玻璃窗外望去，天空飘着纷纷扬扬的雪花，天气告诉他：秋已渐深。

她端着盘子进来，微笑道：“陌生床，睡得惯吗？”

“太好了，太舒适了，你对待我太仁慈了。珍纳，我不知如何对你表示谢意。我从心底多谢你。”他对她感激涕零，“你没有丈夫吗？你丈夫一定是世界上最幸福的人。”

一提到丈夫，她神色黯然：“不见得，我有过丈夫，但已离异，我不是好妻子，你最好不要羡慕他。”

她看着他把早餐吃完，手中擎着一杯咖啡，坐在桌子对面诉说自己的身世："我是欧美混血儿，父母以阱兽为生，我就是在这石屋诞生。长大后，到多伦多读书，考取护士文凭后，遇上乔治，很快就嫁给他。他是建筑公司主席小开，很有钱，婚后，我在多伦多过着富媛的生活。起初，觉得很快活，日子一长，渐渐发觉所谓上流社会，都在你欺我诈、矫揉造作的环境中过活，而我，我是原野长大的野孩子，做事和说话，都是直来直往，委实过不惯那种言不由衷的生活，我要回到原野去，过我那种单纯而清淡的生活。于是，我提出离婚，乔治确实爱我，为了要挽回这段婚姻，向我苦苦哀求，我说，要复合，只有他放弃声色犬马的生活，跟我回到原野，过猎人生活。都市生活，我过不惯，再住下去，我会发狂。"

吴捷点点头："我也与你一样，妻子逝世后，我对都市生活越来越厌倦，才随琼斯到这里来。"

珍纳继续说："后来，他舍不得父母的财富，只好与我离异。我回到育空省，起初，在首府黄刀市任职护士，但医院是都市的缩影，同事们同样互相猜忌，我心灰意冷。父母死后，我辞职回乡，承继父母的猎户清淡生活。但是，这一带靠近北极圈，虽然设有卫生站，但很少医务人员愿来任职。我愿意义务照顾这一带猎户，他们遇到一点小毛病都由我料理，昨天刚刚拾取野蘑菇回来，黑马珍妮听到狼嗥，催促我赶来，总算能够帮到一点小忙。"

吴捷感激说："那我就老着脸皮，在你家养伤几天，不知我该付多少疗养费？"

她摇摇头说："你看我像个孳孳为利的商人吗？我如爱钱，早就不该离婚。"

她一笑离房说："好好养伤，不要为钱伤脑筋。"

次日，珍纳猎到一只松鸡，把它收拾好，炖了一锅野蘑菇松鸡汤，松鸡鲜美。吴捷喝得一点滴不留，他从来不知道野获的松鸡，比家养的鸡更为美味。

两星期后，他的臂伤已是渐渐痊愈，可以跟随珍纳出外干活。

秋天是野鸭飞南方避寒的季节，它们排成人字阵横空而来，珍纳以小型单响猎枪射击，她枪法很准，几乎百中。吴捷充当助手，把射到的野鸭去头除毛，去肠存肝，然后放进冰库。珍纳家有几座硕大冰库，以储冬季食物。那几库食物，足供严冬大雪封山时期之用。她有自备发电机，夏日储足石油，足供冬季使用。

晚上，晚餐是烤野鸭拌马铃薯，育空省是加拿大盛产马铃薯的地方，野鸭油拌黄肉马铃薯，令人胃口大开。吴捷才知道原野也有可口的食制，无怪珍纳对极地恋恋不舍。

北国的秋天消失得很快，吴捷臂伤已无大碍，活动自如，他向珍纳告辞，要回琼斯家中看守。离别之晨，珍纳与他共乘黑马，找到昔日系在宝塔松下的小船。

这次共乘一马，吴捷依旧坐在她身后，他双手环抱着她的腰肢。她的腰依然纤细，可惜此时天气比上回寒冷，身上的短褛比上回厚，臃臃肿肿，不能如上次领略到她的体温，他把她紧紧拥抱，希望再次感领她的体温。

她回过头来，嫣然浅笑:“傻瓜，抱我太紧，要拗折我的腰肢么？”

“我是个贪婪的人，舍不得放弃你的体香。”他说出心中的感受。

她伸身向后，笑出声说:“傻瓜，你不会把手伸进褛内吗？”

他忘其所以说:“我担心控制不住双手，向上发展，侵犯了你。”

她扭过腰来，抱着吴捷，轻声说：“难道你没有侵犯过你妻子？将我当作你亡妻好了。”她吹气如兰，令他陶醉不能自已。

他再也无法制自己，把久旷的嘴巴贴住她那炽热的红唇，良久，良久。他抚摩着短褛内萎缩的小胸脯，叹一口气说：“你对我这样好，我不该侵犯你，天呀！我干了些什么？我都不知道。”

珍纳依偎在他怀中：“你不知道，我却知道，你我都互相爱上了，拆不开了。怎么办？”

他扶她下马，走向宝塔松下的小船，珍纳把马系好，二人走进小船，她把他推倒船舱中，北风掠过松梢，萧萧作响。她压在他身上说：“感恩节，你来我家，我有点东西给你。”

“我的性命是你给我，我还向你要什么？”

她含羞带笑说：“多少人想要都要不到手的东西，你还推三推四？”

黑马长啸，珍纳一跃而起，说：“感恩节，别忘了。”奔回岸上，迅即跨上黑马，此时雪花如掌，河上一片皓白。

他喃喃自语：“感恩节？除了上帝，我更要向谁感恩？”

他拿起铝桨，冲开雪网，向下游划去。

回到琼斯家，两头猎犬向他摇尾相迎，他庆幸当日没有把猎犬带去，因为两头猎犬绝非那一大群狼的对手，它们会徒然与他一同丧生。想到这里，他就对珍纳怀念起来，他喃喃自语：“珍纳，你的大恩，我永远感谢不完了。”

数日后，他收到一封律师行的信，信中大意是受到琼斯的委托：他的癌症已届末期，生存时日不多，他没有儿女，死后遗下的房子，由吴捷承受，唯一要求：照顾两头猎犬。

吴捷收信后无限感慨：“人生苦短，终日在你欺我诈环境中周旋，有什么意思呢？我也该效法极地猎人，永远过着无欲无求的生活。”

感恩节前夕，他把两头猎犬留下看家，独自划船向河的上游。气温急剧下降，河水快要冰合，这使吴捷划得很吃力。船抵上游，已近薄暮。

他把船依旧系在宝塔松下，上岸后，暮雪纷飞，朦胧中，一骑黑马飞奔而至，珍纳笑语如花：“我就猜想你今晚会来！”

他张开两臂，把纤小的珍纳环抱下马，吻她的红唇：“你甜美得如同一颗山棯，教我如何舍得不来？”

珍纳一跃上马，他依然坐在马后，向她耳边说：“天气太冷，我虽贪婪，委实舍不得掀开你的冬褛，令你着凉。”

她腻声说：“为了满足你，着凉也在所不计了，不要紧，珍妮知道我们的心意，跑得很快。”

黑马在风雪声中小跑，很快就回到小石屋。石屋中燃着粗大的蜡烛，烨烨生辉。吴捷首先下马，然后抱着娇小的珍纳进屋，珍纳婉弱地伏在他臂弯中，她从褛袋中掏出一颗黑色的果子，塞进他的口中：“山棯虽已萎谢，但依旧甜美如蜜，今晚让你好好品尝，满足你的贪婪。”她挣扎下地，把石屋门关上，然后任由吴捷抱她登床。

门外风冷雪寒，远远传来野狼嗥叫声。

2017 年 9 月 4 日

# 相睇

水翼船渐渐慢下来，娴熟地泊进码头。关同以为还是从前的16号码头，抬头一看，记忆中的木码头不见了，眼前一片苍翠。依照山形看来，应该就是松山。16号码头应该坐落在沙梨头呀。

关同携着行李，顺利过关。转到出口处，迎面来了他的二妹和妹丈黄溢，一同登上的士，往南湾方向驶去，途中经过观音像。

“这是新的圣母像？”关同觉得这圣母像有点怪怪的。

“不是，这是观世音菩萨。”二妹答。

“时代变了，菩萨也变得鬼鬼的。What the hell！这是什么观世音？”

“大哥，你的英文留番到回加拿大再抛吧。澳门的官方语言是葡文和中文。观世音听不懂英文。”二妹微笑回答。

车子很快开到南湾富贵大厦，那是多年前关同汇款托二妹替他买下的房子，以作退休时回流住所，现在总算派上用场。安顿妥当后，一同到翠园酒家吃了晚饭。二妹夫妇送他回家时吩咐他：“大哥，舟车劳顿，你好好休息一晚。明天12时，我们接你去相睇。”

关同冲了一个热水凉，舒适地坐在梳化上呷着黑牌约翰走路威士忌：“相睇？”他喃喃自语：“我相睇过呀，当年我还钟情过她呀。可惜，我们有缘无分，终于变作痖家鸡见水，有得睇，冇得饮。”

南湾的澳督府依然一派暗红，但南湾已不再是从前的南湾，新添的南湾湖代替了海皮。利为旅酒店变成了中国银行，关同工作过的《世界日报》原址也面目全非。南湾没有市声，只有汽车声。他给自己再倒一杯威士忌，向自己说：“关同啊！你也不再是从前的关同了。你是个七旬老人了。”

第二杯酒勾起他的回忆，把他带回到上世纪50年代。

× × × ×

50年代初期，关同从广州回到澳门，和父母弟妹住在新桥。附近有昌明火柴厂，雇用的工人，绝大多数是年轻女子。那时，女工上班都穿着木屐，玲珑小巧，五颜六色的木屐穿在南国少女光洁嫩滑的脚下，有一种说不出的妩媚。过了新年，澳门的春天，说来便来，春雨绵绵，似烟非烟，似雾非雾。石子路湿了，木屐踏在湿路上，发出清脆柔美的响声。屐上的人，穿着贴身的春衣，擎着小雨伞，三五成群，笑语盈盈向火柴厂上班，就像一幅现代春雨图。她们上班下班，都得经过关同家门口，二妹也任职昌明火柴厂会计部。知道哥哥对火柴妹感兴趣，有意替他介绍一两个拍拍拖。关同一时找不到工作，在家写点稿子，寄到澳门《世界日报》和几间香港报社，赚点稿酬。写稿时书桌面临窗子，正好看到她们上下班。

其中一个女工，不像一般女工头上一把烫发，而是梳着又粗又大的一条辫子，每天上下班路经他的窗子时，总是脸带微笑向他看一眼。他也停笔向她点头。时间长了，他算准她上下班的钟数，总是提前搁笔作为小憩，顺便看看她那如花的笑面，转身时那辫子挥动，贴着袅娜的腰身。有时，文思如潮，停不下笔，待至她已走过窗口，才抬头外望，她已远去，只剩下渐渐消失的屐声，他才惘然如有所失。

关同一位堂叔在加拿大经营蔬果店，急需人手，写信给关同，要关同到加国去当他的助手。关同同意了，但母亲担心加国女子美貌如花，儿子会跟洋女结婚，不再管二老，要他在澳结婚，一同到外国去，才肯让他们移民加国。二妹知道哥哥欢喜那梳辫子的火柴妹，告知父母，于是，双方父母便同意在星期天“相睇”。

相睇是在新桥青草街街角“好景楼”，关同跟父母先到。早上，茶客稀疏，关同坐在靠窗位子，望着街上，春雨轻飘。不久，便看到心上人擎着花雨伞，挽着母亲手肘，缓缓而来。不一会儿，母女便在木楼梯前出现。火柴妹躲到母亲身后，涨红着脸蛋，一副怯场的样子。越是羞怯，越是引起他的兴趣。待她们走近，二妹替双方介绍，关同才知道那梳辫女姓吕，名唤葵香。二妹称她母亲为吕五婶，她也在火柴厂当打杂。五婶丈夫早已去世。葵香还有一个弟弟正在读书，小学已毕业，正升初中一年级。母女三人，相依为命。吕五婶叹一口气道：“家中一粒仔，成箩神主牌放在他身上。我们两母女，拚死拚活，无非想供他将来读上大学，以后就有好日子可过。”

听了这番话，关同倒抽了一口凉气，知道吕五婶志在不小。上大学，过好日子，责在新女婿身上，自己卖文为活，乏善足陈，不得不远托异国，前路茫茫，自问一点把握都没有，何能答应她一家过好日子？

吕五婶又问他天天伏在书桌上写写画画，是一种什么职业？关二妹告诉她，哥哥的工作是替报馆写文章，赚点稿酬，不算什么职业。吕五婶恍然如有所悟说：“啊，大概是人们所说的写稿佬吧。”她的兴致一下子没有了。“收入不多吧。”

“不多，”关同也兴致索然，“不能让你们过好日子。真抱歉，让你们失望。”他站起来走到收银处找数。父母二妹也随着下楼。回头望吕葵香一眼，她涨红着脸，正搀扶着母亲，响着屐声，一步一步走下楼来。

回到家中，关同向母亲说：“妈，算了吧，我不再打算携带老婆到外国了。”母亲说：“那么说，你将来娶鬼妹娶定了？”关同摇摇头。

隔了不久，关同出国手续办妥了。正赶着把卖文手续结束，把未完的长稿小说杀青。一天早上，他正在运笔如飞之际，窗前忽然出现一条人影，是吕葵香。

“唔好意思，打扰你写文章。”天气热了，吕葵香换上一套黑胶绸短打。腰肢好细，胸前隆起一块，脸上依然红云一片：“那天相睇，你一定恨死我了。”

关同也红着脸：“有乜好恨？开声的人又不是你。不过，料想你早已同意。”

吕葵香万分勉强点点头：“我家穷，需要钱，不得不咁做。”

“咁好，我独自上路。祝你好运，嫁个能满足你母亲的人。”关同用毛笔在稿纸上，打一个大叉，转身背向吕葵香。

× × × ×

关同以后没再见过吕葵香，独自飞往加拿大温哥华市，担任堂叔关谋所经营的蔬果批发公司助手。二十年后，关谋下世，身边并无家人，遗下的商店，赠送给关同。关同果如母亲所料，跟一个土生华侨女子结了婚。新人如玉，生意顺利，日子过得着实很开心。虽然关同给居住澳门的双亲和二妹按月寄家用，但双亲仍是郁郁寡欢，数年后相继去世。由于生意太忙，他没有回澳奔丧。一应白事，都由二妹与妹夫黄溢料理。

数十年关同没有回过澳门，但是，他忘不了澳门。每年，春天来了，温哥华繁花似锦，粉红色的樱花在街上开得如火如荼，他就想起澳门的木棉树与凤凰木。唐人街春雨绵绵，春寒料峭，他就想起新桥的昌明火柴厂附近石仔街上，春雨如油，火柴妹脚下五颜六色的木屐，踩在溜滑的石子上，屐声清脆悦耳。吕葵香脚下的屐声，尤为好听，一步一步地，仿佛踩进他的心房。小雨伞下那个娇小玲珑的少女，她的影子常在眼前晃动。

从二妹寄来的信中，他知道吕葵香出嫁了。夫婿是个香港富家子弟，很快生了儿子。于是，吕五婶的愿望实现了，小儿子进了粤华中学，不断往上爬攀。可是，天意并不尽从人愿，十年后吕五婶下世了，少了管教，小儿子学坏了，首先学会吸毒，接着学会赌博。他晓得姊夫有钱，天天向吕葵香伸手，吕葵香变成他的榨钱机。吕葵香手头上的钱被他榨干之后，便要她把金饰拿出来。金饰完了，又向姊夫下手。吕葵香的丈夫被他缠得不耐烦，骂了他几句。他一怒加入黑社会，将姊夫绑架勒索。吕葵香翁姑不肯出钱，他一怒撕票。夫家翁姑骂吕葵香是扫把星，把她驱逐出家门，把儿子留下。待至翁姑过世了，家道也中落了，儿子只能当公务员，可是媳妇也当她是扫把星，不许她上门，她只能回到澳门。幸亏近年澳门赌业发达，吕葵香到了六十五岁，领点长者福利，勉强可以活下去。

关同到了六十五岁，妻子患癌症死了，生意形势渐渐不好做。他把生意结束，回到澳门，看看自己能否适应隔别了四十多年的澳门的生活。幸亏早年听从二妹的话，置了一个居住单位，不至于无容身之地。

回澳后第一次跟随二妹去相睇，新桥已没有“好景楼”，相约地点是富华楼。对方是个四十多岁的中年寡妇，有个洋名叫“莲黛”，徐娘半老的样子，并无害臊模样，说话很大方，侃侃而谈她的身世。谈到半途中，二妹借口有事先走。少了旁听者，她说话更娇嗲而率直。她问到关同在加拿大的产业，最后，她开门见山问他；“你会给我多少钱揸手？”

“你认为你值多少钱？”关同显得颇有兴趣。

“一个三间房的单位不算太过分吧。”她没有忘记飞了他一个媚眼。

“一点都不算过分。”关同一脸正经地说，“就外在美而言。”

“你大概不知道我的内在美比外在美好一百倍吧。”她低头一笑，笑得甜极了。

关同点点头说：“的确看不出，我是个笨人。”

“让我们到广州旅行一趟，你一定能体验出来。”她好像有点不好意思，“你回澳以来还未见到过羊城小蛮腰吧？”

“不必到广州，难道还有比眼前所见的蛮腰更美的吗？”他苦笑。

“明天你有空吗？”她问。

“对不起，明天我还有一伙相睇。”他一面说一面找数。

回到家中，他打电话给二妹，要她取消以后相睇的约会。

第二天，关同孤身到新桥区。新桥已变得非常陌生，能使他眼熟的建筑物只余一座红街市。那暗红的墙壁，喧哗的人声，唤起他的回忆。他曾陪母亲去买菜，那时，买菜的年轻主妇们和少女们都穿着和吕葵香一样的窄腰短衣裤，美丽极了。而现在，她们都穿洋服，一点美感都没有。他信步踱进去，内面潮湿如旧，肮脏如旧，嘈吵如旧。他爽然若失，想找寻“昌明火柴厂”。火柴厂没有了，出现在他眼前的是“昌明花园”四个大字。那些火柴妹苗条的身影都不见了。他转身回家。

晚饭吃过，莲黛的电话来了：“今天佳人有约，漂亮不漂亮？”

“佳人？”关同晚饭时喝了点酒，精神大佳，“欠缺一条小蛮腰也配称佳人？”

“小蛮腰仍在，正等着懂得欣赏她的人来挽。”

“可惜懂得欣赏蛮腰的人买不起一间三房单位。”关同把电话挂断。

× × × ×

关同不再去相睇，他觉得眼前的澳门已不再是他从前待过的澳门，澳门人也不再是他认识的澳门人。澳门马路上的行人路一向狭隘，但往日行人互相闪让，并不觉得不便。而现在，行人三四人一字儿并排而行，对面行人只好走出车道，任由来车碰撞。在巴士上，让座给老者的人多是老者，年轻人不是诈睡，就是装打机，任由颤巍巍的老人被横冲直撞的巴士颠簸得东歪西倒。他步行到旧区小巷，希望能找回往日小市民生活的影子。一些旧楼被改建得面目全非，一些旧楼变得比从前更破烂。而最令人无法忍受的是一地星罗棋布的狗屎，一不留神就要踩中“地雷”。关同在外国多年，从未见过如此夸张的狗屎阵。只好赶快逃回家去，拨电话给旅行社，订了一星期后飞温哥华的机票。

二妹的电话响了：“大哥，这几天何处去了？明天有一宗相睇，你非去不可。”

“笑话，有什么非看不可的人？算了，我正打算飞回加拿大。我已订了机票。”关同兴致索然。

“不！明天你一定要来，否则你会遗憾终身。”二妹显得很关心。

“我对小蛮腰一点兴趣都没有了。”关同认真地说，“明天我要收拾行装，叫相睇 go to hell。”

“大哥，你怎能这样做，我会被人骂死。”二妹几乎哀求他。

关同笑说：“你未免热心过度了，我的好妹妹。父母死了，世上只余我们两兄妹，我不能害死你。好，明天嘉年华见。”

× × × ×

关同依时踱到嘉年华酒楼，到得早，茶客不多。他要了一张小台，开了一壶铁观音，游目四骋，忽然想起在新桥好景楼和吕葵香相睇的往事。澳门仍是澳门，好景楼没有了，昌明火柴厂没有了，而他这个人们口中的写稿佬，虽仍在世，但也已老态龙钟，失魂落魄回到澳门，幻想重寻佳偶，不太天真吗？想到此处，不免有点怅然若失。“算了，关老同，你还是回加拿大吧，桐油埕只配盛桐油……”

“关先生。”一条人影出现，打断了他的思潮。好久没有听到这口音，似熟悉而又似陌生。他定睛细看，却叫不出名字来。“我是阿香，吕葵香呀。”她，她也叫吕葵香？

“你？你也叫吕葵香？”吕葵香，这个名字好熟稔，而又好陌生。但当他看见自己的妹妹从后缓缓而来，他恍然大悟，想起昨夜二妹说过“遗憾终生”一语，他知道她确是吕葵香。

眼前的吕葵香，比从前瘦多了。头发斑白，剪得很短。两颊瘦削，那红红的脸蛋不见了，代之以黄黄瘦瘦的长脸。皱纹遍布，目光呆滞，用有点自卑的神色看他。二妹招呼她坐下。微笑向他说：“大哥，你终于看到心目中的旧情人，不枉此行了。”

“谢谢你，二妹，你真是上帝赐给我的好妹妹。”关同由衷地向她致谢，“如非由你带来，陌路相逢，打死我也不敢相信她就是吕葵香。”他再转过头来，诚挚地向吕葵香说：“阿香，你好吗？”

“我好什么？折堕了几十年，临老还要衰俾大哥睇。”吕葵香神色凄然，泪水在眼眶中转动着，伸手向手袋找纸巾拭泪。二妹借故走开。关同也无限凄惶，从裤袋中掏出一包纸巾递给她，苦笑道，“估不到相思几十年后，第一件递给你的，竟是拭泪的纸巾，上苍真会开玩笑。”

“上苍？这世界还有上苍吗？”吕葵香打开纸巾包，拿出纸巾拭泪，纸巾有关同微暖的残余体温，贴到眼中，温馨无限。泪痕虽已拭干，她舍不得离开他的体温。用手握着残纸，心中叫道："好舒服的体温。我即使立刻死去，也是值得。"

关同定睛凝视着她，他要找寻她往日娇艳的痕迹。她被他看得有点不好意思。最后，他发现她那瘦削的脸庞，仍然隐隐留有浅浅笑窝的痕迹。他向她说："阿香，请你笑一笑，笑一笑我看。"

"冤鬼，我正心如刀割，点笑得出？"她忸怩地把腰一扭。但还是不忍令他失望，嫣然一笑。这虽是强笑，两个酒窝，却深深地出现。在关同看来，这是惊心动魄的一笑。往日印象中的一笑一颦，陡然重现，使他久已冰冷的情怀，死灰复燃。就凭这一笑，足以弥补几个月的奔波劳碌。他叹一声道："阿香，这真是前生孽障，留待今世清偿了。你这一笑，慰解了我半世相思。"

× × × ×

关同带她到南湾家中，吕葵香不喝酒，只喝矿泉水。关同倒了半杯威士忌，呷了一口，痴痴地看着她，缓缓地告诉她：他这数十年的一切，包括婚姻和经济。最后，他长长地叹一口气说："我们这一代人，被经济害得好惨。"她也苍凉地说："对，这一代人，包括你和我。我比你更惨，有家变无家，有儿变无儿，都被一个钱字害死。"

"你不要以为我回澳相睇是为了临老入花丛，其实，我只需要一个伴。"关同怆然说，"我有慢性病，一旦病发，需要有人赶快求救。二妹给我介绍什么小蛮腰，我意中的小蛮腰，永远藏在记忆中。"

"大哥，请你容许我叫你大哥吧。"吕葵香泪盈于睫，"我负了你，但我一直没有忘记你是真正欢喜我的人。人生于世，有一个真正欢喜自己的人，死有何恨？我前天在路上遇到二妹，她告诉我，你回澳相睇。我立即求她让我见见你。她知你恨我，踌躇不肯答应。我不顾羞耻说：关同打死我，我也不后悔。”

关同放下酒杯，一把将吕葵香拥抱在膝上，说：“我点舍得打死你？”吕葵香满面羞红，微略挣扎，接着，便驯顺地蜷偎在他的怀中，幽幽地仰起头来说：“我都唔怕丑了，我想你想咗几十年，今日至能被你抱进怀中，即使而家死去，已无遗憾……”说到这里，他用嘴巴封住了余下的话，替她拭去纵横满脸的泪水。

良久，她用双手环攀着他的颈项，说：“你不要再相睇了，你不嫌我已是残花败柳，就要了我吧。我愿把余生照顾你，补偿过去的过失。”

次日，关同带吕葵香到婚姻注册处登记，再到旅行社，把机票取消。当他们走出街上时，路旁的凤凰木正开着红艳艳的花，冬阳灿烂，青青瘦瘦的柳条正迎风飘扬。

# 夜劫

林积双手紧紧握住汽车方向盘，金睛火眼望着积雪的公路。车子的雨拨虽不断拨动着，但他还是担心车窗两旁积雪太厚，影响视线，使汽车偏离路面。

这条接驳美加两国的一号公路，林积已记不起跑过多少趟，但时近午夜兼雪夜，他仍然不敢掉以轻心，一路小心翼翼驾驶着这辆四轮驱动的福特房车。正当他意冷神疲之际，忽然发现远方路旁，停着一架闪亮着死火灯的抛锚汽车，车旁站着一条穿着黑褛的人影。林积把车速减低，缓缓驶去。他有过多次车子在公路抛锚的痛苦经验，那种呼天不应、叫地不闻的感觉，常常挥之不去。他若身在加拿大，一定会把车停下来，看看有什么可以效劳。但是，这里是美国纽约州的黑人区，假装坏车求救而打劫善心人士的新闻时有所闻。如果因大发慈悲而反遭械劫，那就太不值得了。

林积决定硬着心肠不顾而去，可是，那条黑影看去像是一个孤零零的弱女子，被死了火的汽车搁在风雪交加的公路上，其惨可知。他心里想：我舍她而去，说不定她今晚就会冻死在公路旁。我是一个基督教徒，能眼睁睁忍心干出如此残忍的事吗？想到此，他把排档放到退车档，车子缓缓退到那女子身前，按钮把车窗玻璃旋下，问她：“我可以帮你做点什么吗？”

黑褛人确是女子，她发声有点抖震：“先生，我的汽油烧光了，你可以载我到附近的油站买点油吗？我站了差不多四十五分钟，才等到你，请你帮帮忙。”

林积点点头：“当然可以。”他把电锁揿开，让那女人开了侧门。她一阵风似的钻进车里，口中不断呼冷。林积看她冷得发抖，立即把暖气拨大，加油向前驶去。

那女人一面拂去大褛上的雪花，一面说：“先生，感谢你，要不是你停车，我不知还要等多久才有人肯伸出援手。这是个冷酷的世界，比天气还冷。”

林积点点头，同意她的说法：“对，人心确比天气冷。但是，我们能做点什么？”

忽然间，她的口气变得冷冰冰的：“你可以，只要你把钱包给我，我的问题就能解决。中国人，你看看我手中持的是什么？”

“哎哟！我的天，你手中拿的是什么？”林积吓得面都黄了，眼睛睁得好大，“吓死人了，手枪？小姐，你是开玩笑吧？”

那女人把脸色板得没有一点笑意：“中国人，你看我像开玩笑的人吗？趁警察尚未赶来，快把钱包拿出来。我近来脾气欠佳，惹毛了我，我的手枪会跟我一起发脾气。快点！不要浪费时间！”

林积把车速放缓，偷偷瞄了她一眼。她手中确是持着一把手枪，在公路灯光掩映下，枪身有不少损痕，看样子不像是假枪。他只好把钱包拿出来给她。那女人也借着微弱的灯光把钱包中的钱约略计算一下，说：“不够！太少了。你老远由加拿大来美国，只带几百块钱，骗谁？信用卡有钱没有？说话老实点，我一向对说谎的人不客气。”

林积也说：“我也是，不骗你，今趟带钱原不少，但被前妻榨光了。信用卡可能有几千块加币，你有需要，拿去算了。千万不要开枪。”

那女人把手枪一挥:“去，找ATM（路旁提款机），不许耍花样。”

林积缓缓开车，雪更大了。走了几里，路口恰巧就有一座提款机。但一辆警车停在机侧，车内两名男女警员正在喝咖啡，警车中水汽腾腾。她把枪一摆:“另找一座，避开警车。不许令警察生疑。警告你，警察枪法未必能胜我，你最好老实点。”

再走数里，雪影中出现另一座提款机，她说:“这座就好。”

那女人命令停车，用枪押着林积下车，枪口贴着他的冬褛腰部。路上没有一个人影，也没有车声。他一脚踏在一块黑冰（雪块半融后，气温突降，形成溜滑的冰块，被新雪覆盖，对行人极为危险）上，脚底一滑，“哎哟！”一声，身体往后一仰。那女人正要搀扶他，林积左肘猛力往后向她一撞，她猝不及避，往后跌倒。他飞起一脚，把正要跌出的枪踢开。她着地时，打算勾掣射击林积，但已太迟。她仰面跌下，枪口射向天空，“砰”一响，子弹射向风雪交加的夜空。

林积俯首在雪地上把手枪拾起，把枪膛中所余的枪弹卸出，扬手把子弹撒向雪地，再把空枪用劲向路侧空林掷去。回头左手把倒在雪地上的女贼揪起，狞笑道:“瞎了你的狗眼，以为中国人好欺负，今晚叫你领教一下中国人的拳头！”右手握拳使劲向她的头部轰去。

轰然一响，女贼再摔倒雪地上，痛极叫了一声:“Oh my God！”她双手捧着脸庞。林积忽然想起，对方是一个弱女子，她怎能受得起重拳？便伸手把她扶起。她哀声叫道:“No, no, don't punch me again。I can't take any more！”

林积余恨未息，低声喝道:“怎么样？我把你交给警察吧。”

“不！不要，我不想坐牢，请你放过这一次，以后不敢再干了。”她低声乞求。

“以后？如果你一枪把我射杀，还有以后吗？”

“我错了，我不该劫你。”她哭出声来，“你同情我，我翻脸劫你，我该死。”

林积冷笑道：“该死？该死的是我，我不该同情一个黑人，差点送命。以后我懂得怎样对待你们了。”

那女人懊悔无限：“不！不要这样说，不是每一个黑人都像我这么坏。”她伸出双手，在地上挣扎着要起来。林积把她拉起，冷笑一声：“你有甚么打算？身上还有一把枪吗？一起拿出来，让我见识见识。”

那女人回过气来，脸上的痛楚加上身上的寒冷，使她不断发抖，哀声说：“我哪里还有枪？就算有，也不敢再挨一拳，刚才那一拳差点要了我的命。你好狠，我从不知道一个中国人打女人打得那么狠。”

“废话！中国人就活该被人打劫？我们中国人被欺负得太久了，今晚就让你见识一下中国人的狠劲。你再敢欺负我，让我一拳把你送进地狱去！”林积咬着牙说，“你这个忘恩负义的狗娘养的，怕快冷坏了，滚进车中去吧，免得冻死在路旁，连累我吃人命官司。我可不欢喜进美国警局。”

“我也是，你载我到你加拿大的家吧，我在美国已无家可归。我没钱，家中暖气因没有交款被切断，回家不饿死也会冻死。”她凄然说。

“哈，你打算到加拿大再打劫我一次？那好，我的养鸡农场就在尼亚加拉河畔，我把你打死，往河中一抛，多方便。”他狞笑。

“先生，你是好人，不会杀我吧。我欠你太多了，让我随你回家，当你的外劳，抵偿对你的亏欠吧。你先前说过有前妻，现在家中有女人吗？让我替她做管家好不好？”

林积把她塞进后座，拍去身上雪花，重新向美加边境驶去：“你有过境证件吗？”

“在手袋中。”她掏出绿卡交给他。

他看了看：“你叫伊莲。”

“嗯，伊莲·黄。牙买加人，我有25%华人血统，我祖父来自广东台山。”

“对，你是华人，深知华人荏弱，所以向我下手。你真是个聪明的黑人，柿子拣软的捏，好犀利的眼光。”林积冷笑道。

她忍受着他的冷嘲热讽：“我该死，你打我好应该，骂我也应该，我丢尽华人的脸，实在不配挂个中国姓。”她流泪说。

林积沉吟说：“好，我给你一个机会，你如再骗我，休怪我心狠手辣。我也不是甚么善男信女，对我来说，杀人只是一件小事，我又不是没有杀过人。”

车子继续向边境驶去，风雪渐减，绕过雪城，进入瀑布区，很快到彩虹桥上。美加两国的边防局就设在桥上，美国移民局顺利让他们出境。加国边防员向伊莲看了看说：“小姐，你脸上红肿，遭人殴打过吗？”

伊莲眼泪掉下来，撒谎道：“我不好，让丈夫打了。”

边防员瞪了林积一眼，轻骂道：“你这个打老婆的坏蛋。”

林积赔笑说：“我保证，到家我会向她谢罪，我脾气不好。”

边防员挥手让车子通过。

三十分钟后，抵达林积位于尼亚加拉河畔的养鸡场。

林积扶伊莲下车，安排她住进客房。客房有浴室和卫生间，他向她道晚安：“好好休息，不许再打坏主意，小心我宰了你。”

他感到很疲累，对自己说：“林积，你老了，六十多岁的人了。”淋浴后登床酣睡。

早上，太阳晒到脸上，他悠悠醒来。鸡蛋、烟肉、咖啡的香味使他口馋起来，赶快起床梳洗。出到厨间，看见伊莲正烘着面包，一见林积，红肿的黑脸露出痛苦的笑容：“我饿坏了，想到你一定也要吃早餐，便开始我的管家工作。”

林积欣然呷了一口咖啡：“谢谢，想不到你还是个称职的管家。”他一面嚼着烟肉一面说：“记住，我要黑咖啡和溏心蛋。”

她点点头：“先生，我会记住。”

林积望望她那红肿的脸庞：“对不起，我昨夜出手太重了，现在向你道歉。我是粗人，没有想到那一拳对你伤害得如此严重，请你原谅我。”

伊莲满脸歉疚地说：“请不要这样说，我真的该打。我没有资格原谅你，我甚至不能原谅自己。昨晚在床上愧恨交集，辗转反侧，无法入睡。说抱歉的人应该是我，所以清早便起来做早餐。”

以下是伊莲在餐台上告诉林积的故事：

伊莲是西印度牙买加第三代土生华侨，祖母和母亲都是西班牙和黑人混血儿，所以她身上只有 25% 的华人血统，但仍保留祖父的姓氏——黄。她在牙买加完成高中学业后，加入一间美资银行服务。几年后，银行派来一位年青白人约翰·高登充当她的头顶上司。在西印度群岛，白人很吃香，她爱上了他，跟他结婚。一年后他被调回纽约总行，她随他到美国。渐渐地，约翰染上毒品，更从吸毒而藏毒，由藏毒而贩毒。他被银行解雇，只得持枪行劫和贩毒维生。她向法庭申请离婚，尚未得到批准，他便在一次贩毒中被捕，被判入狱半年。她找不到工作，坐食山空，积蓄花光，首饰卖尽，公寓欠租多月，暖气被切断，已遭业主下令迁出。无法可想之下，记起曾经多次和约翰伪装汽车抛锚持枪行劫，每次都顺利得手。于是，找出约翰的旧枪，昨夜又单独出动，万料不到败在林积手中。

听了她的故事，林积叹了一声说：“从前，我也是江湖中人，玩枪是家常便饭。后来改行当船员，在加拿大跳船移民，经营养鸡场，跟一个土生女华侨结婚生子。近年离异，前妻携儿子移居美国纽约上州，我每年驾车到美国去看她母子一次。第一次遇上路劫，真不知是你倒霉，还是我倒霉。”

伊莲摇摇头说：“我是个倒霉人，不料拖累了你。如果你把我交给州警，我一定被判坐牢。难得你放我一马，更难得你肯带我到加拿大。我要感谢上帝，终于遇上一个好人了。”

“我算不上好人，我只是一个江湖过来人，对江湖人始终有割不断的情感。好了，早餐后我带你去看医生，我不该把你打成这样子。”

她忧心忡忡说：“这点小伤，不用看医生，我担心医生会通知警方。”

“不用担心，老医生是我老朋友，他不会出卖我。”

早餐后，他开车载她到小镇上一间老旧医务所。老医生笑眯眯向林积道喜：“恭贺你，终于找到第二春。”

“现在还算不上第几春，她是岛上人，费心替她脸颊敷点药，我不小心打伤了她。”

“你这条蛮牛，怎忍心辣手摧花？”老医生古惑一笑，“她拒绝上床，就该小心哄哄她。你是老汉，应该对小妹子温柔点。”

伊莲羞赧地低头说：“不关上床事，一切都是我的错，请不要怪他。”

林积不语，微微笑着看她接受注射和敷药，然后把医生拉到一角，轻声把一切经过告诉他。医生会意地点点头，转头向她说：“这条蛮牛下手是重一点，不过，只是皮外伤，他还算有良心，带你来见我。没事了，好好地休息几天，消肿后又是一位美人。”

林积带她回家，让她只吞点牛奶煮麦片，整天躺在床上休息。他独自开车到小镇上买点女人衣物与化妆品，趁她入睡时放进房中。一切家务和农务，都由自己操作。

四天后，是星期天，他早上摒挡一切，换上整洁体面的衣服，准备上教堂。正要出门时，她忽然从房中出现：“先生，请你也带我去守礼拜。”

林积诧异地说：“我是基督徒，你也要随我去？”他回头一望，差点叫出来：“好俊美的女人！几乎让我认不出来。”

水肿消退，敷上脂粉，换上新衣，她那中西混血儿的美态显现出来。她一本正经地说：“我当然随你守礼拜，现在，我是你的人。”

自从和妻子离异，他一向都独自上教堂，今天臂上突然吊上一个女人，教友们都很诧异。牧师法朗欣然轻吻伊莲手背说：“有了你，我对林先生的健康更有信心了，这真是上帝的奇迹。”

圣诞节，他辞谢亲友圣诞派对和晚宴的邀请，享受伊莲巧手精制的西印度菜式：奶酪焗通心粉、马介休咸鱼煮秋葵、红烧五花腩、咸猪尾煲马豆羹、鸽子豆咸牛肉饭。饮料是冧酒混可口可乐。林积连灌数杯，不觉微醺。他轻叹道：“自从和妻子离异后，不曾吃过这样美味的圣诞大餐。”

伊莲陪他喝了点酒，也显得红霞泛脸。在掩映的烛光下，她微喟说：“这也是人结人缘，我那狱中的男人，圣诞晚餐还是钟情白人的传统烤火鸡。我烧点家乡菜聊慰乡愁，也要遭他埋怨。这下子好了，他想吃西印度菜式也吃不成了。”

“他何时出狱？你该去接他，劝他痛改前非，重新做人。”

林积关心她以后的生活。

“我正想向你借点钱，过年后回纽约接他出狱，好好地办妥离婚手续。”

林积说：“好，待我这批鸡上市，赚得多少，统统给你。”

两星期后，鸡只上市，扣除成本，约赚五千块加币。林积换成美元，送给伊莲。接到那些钞票时，她感动极了，不由自主跪倒他脚下，泣不成声：“林先生，你待我如亲妹，想起前事，教我怎舍得离开你？”

林积一手把她扶起，用手背替她拭去泪痕说：“傻女，佛陀说，空桑三宿，犹有余恋。不舍是人之常情，你名义上还是人妻，不舍也得舍。”

晚上，林积喝了几杯闷酒，提早上床昏睡。夜半，半掩的房门被推开。他觉得身上被人压着，正伸手要拨开，伊莲抖震着身子抱着他说：“先生，不要打，是我，伊莲。”

“伊莲，你要干甚么？”林积一个翻身，把她压在身下。她还在抖震不休。

“先生，请你要了我！”她声音跟身子一同抖震。

“你说甚么？”林积宿酒乍醒，以为自己睡糊涂了。

“你要了我，我心中好过点。这样子离开你，我不是人。”

“如果因给了你一点小恩小惠就要你与我发生关系，我也不是人。”

她用力紧抱他，撑起上身，把苍白的嘴唇贴上，嗫嚅轻声说：“你当可怜可怜我，就要我一次吧。上帝啊！我该怎办？我爱上你了，你蹂躏我吧。”她抽出一手抚摸他的胸毛。

“伊莲，小宝贝，听我说。”林积喘着气，轻轻拨开她的手，“我们中国人可不是禽兽，我也爱上你，但你仍是人妻。我如蹂躏你，那是乘人之危，我的良知不容许我这样做。我离婚前，妻子没有表示，我决不侵犯她。有了一夜情，你如果和丈夫坠欢重拾，会永远觉得亏欠他，负疚终身，请你理智点。”他翻身下床。

伊莲绮念顿消，双手掩脸，飞奔回房，放声哭着说：“你嫌弃我是黑人，你嫌弃我不是纯中国人。”

林积赶快随她到客房，一手挽着她的腰肢，一手拨开她双手，用脸擦去她的啼痕，温柔地说：“伊莲好孩子，别这样说。我们中华民族都是混血儿，谁都不该嫌弃谁。我今晚不能侵犯你，你几时办好离婚手续，就几时回到这里，你想我怎样侵犯你都可以。我年纪虽大，还是男人。”

伊莲温柔而软弱地倒在林积怀中，轻轻啜泣道：“好的，先生，我听你的，回到你房，你抱我在你怀中睡一夜。”

林积像新郎抱新娘那样把她抱回主人房，跟她上床，以臂作枕，轻声哼着民谣，温柔地诱她入梦，直到天明。

天亮后，他送她到灰狗车站，等候前往纽约的长途巴士。北风如剪，剪得她柔肠寸断。她无限怅惘地说：“在你怀中睡一宵，是最好的春宵。此后，我们即使不能结合，此生已无遗憾。我去后，好好照顾你自己，待我归来。”

林积望着拭着眼泪登上巴士的女人，徘徊良久，转身回农场。

林积照旧在农场养鸡，对伊莲的相思，无时或已。逢时遇节，只做一个人的简单饭菜，想起伊莲所做的红烧五花腩和奶酪焗通心粉，便口角流涎，只好向着北风低声说：“伊莲，我的女人，你在哪里？”

冬天终于过尽，春天姗姗迟来，迎春花和蒲公英盖遍大地，野鸭横天，麦子和玉米使农场生气勃勃。林积一有空就守着电话，但始终听不到伊莲的音讯。

春天和夏天过得很快。初秋，林积患了一场重感冒，全身疼痛，发着高烧，躺在床上，十分口渴，起来找水喝，一不小心，摔了一跤，把脚踵扭伤了。老医生要他做足科手术，他不喜欢在脚上镶上钢片，宁愿一歪一跛地走路，对农场工作渐渐感到吃力。病中相思，格外难受，他担心她可能已死在毒贩手上。很久他才痊愈，但咳嗽始终缠着他。

深秋了，一天，他接到一封盖着纽约州立监狱印章的信：

先生：

约翰出狱后，拒绝和我离婚，还强迫我驾车为他运毒。一次，车被州警截查时，他开枪拒捕，双方驳火，他死在乱枪下，我左臂受枪伤。我是驾车人，协助运毒罪名成立，被判入狱三年，不得假释，我今生完了。对不起，我令你失望。我不敢指望你来看我，只望你好好保重。你是好人，应有好报。

伊莲

林积雇人暂时照料农场，驾车驶到纽约，几经折腾，终于获准探监。

那是一个凄风苦雨的下午。由于驾车时间过长，受伤的脚踵疼痛不已，坐在会见室痴痴地等候。好久，伊莲随着一个女狱卒出现。阔大的囚衣套在她纤瘦的身上，显得她更瘦了。她头发散披，面容憔悴，缓缓坐在林积对面，隔着一片冰冷的透明胶，只说：“谢谢你来看我。”接着，眼泪掉下来。

林积心痛如绞：“我天天盼望能见你，不料相见在狱中。”

她呜咽出声：“先生，我辜负你，以后请不要再来见面，你难过，我更难过。”

林积也泪盈于睫，但坚定地说：“不！我还要来。我后悔那天晚上没有侵犯你，否则，你一定坚持离婚，这场祸事就不会发生。我来，是为救赎，不单为看你。”

伊莲再也无法控制自己的情绪，起身扑向他，但只撞到厚厚的冰冷的透明胶，砰然一响。女狱卒趋前制止，但已慢了一步，伊莲额前撞成一个大血泡。她放声号哭：“先生，我爱你！”然后跌倒在地上。

女狱卒把她往后拖走说：“你违反接见规矩，此次接见到此为止。”

林积向女狱卒说：“请容我向她说一句话。”

女狱卒体谅林积是长者，放慢脚步：“好！就一句话，说吧！”

他老泪纵横，悲苦万分地说：“伊莲，我把生命拖长等你归来。”

监狱内铁门砰然关上，林积只好往外走。

忍受着脚痛，轻声咳嗽，他一歪一跛踏上归途。西风冷雨，向他吹袭，他打了一个寒噤，把衣领竖起，踽踽独行。

**图书在版编目（CIP）数据**

白银／李烈声著. -- 北京：作家出版社，2019.5（2023.2重印）
（澳门文学丛书）
ISBN 978-7-5212-0244-1

Ⅰ. ①白… Ⅱ. ①李… Ⅲ. ①中篇小说－小说集－中国－当代 ②短篇小说－小说集－中国－当代 Ⅳ. ①I247.7

中国版本图书馆CIP数据核字（2018）第224151号

**白 银**

---

**作　　者：** 李烈声
**责任编辑：** 宋辰辰
**装帧设计：** 棱角视觉
**出版发行：** 作家出版社有限公司
**社　　址：** 北京农展馆南里10号　　**邮　　编：** 100125
**电话传真：** 86-10-65067186（发行中心及邮购部）
86-10-65004079（总编室）
**E-mail:zuojia@zuojia.net.cn**
**http://www.zuojiachubanshe.com**
**印　　刷：** 固安兰星球彩色印刷有限公司
**成品尺寸：** 133×214
**字　　数：** 166千
**印　　张：** 7.25
**版　　次：** 2019年6月第1版
**印　　次：** 2023年2月第2次印刷
ISBN　978-7-5212-0244-1
**定　　价：** 36.00元

---

## 第一批出版书目

王祯宝《曾几何时》

水　月《挥手之后还会再见吗》

邓晓炯《浮城》

未　艾《轻抚那人间的沧桑》

吕志鹏《在迷失国度下被遗忘了的自白录》

李成俊《待旦集》

李宇樑《狼狈行动》

李观鼎《三余集》

李鹏翥《澳门古今与艺文人物》

吴志良《悦读澳门》

林中英《头上彩虹》

赵　阳《没有错过的阳光》

姚　风《枯枝上的敌人》

贺绫声《如果爱情像诗般阅读》

袁绍珊《流民之歌》

黄坤尧《一方净土》

黄德鸿《澳门掌故》

梁淑淇《爱你爱我》

寂　然《有发生过》

鲁　茂《拾穗集》

穆凡中《相看是故人》

穆欣欣《寸心千里》

---

以上按作者姓氏笔画排序

## 第一批出版书目

曾几何时
王祯宝／著
Colecção Literatura de Macau
挥手之后还会再见吗
浮城
轻抚那人间的沧桑
在迷失国度下被遗忘了的自白录
澳门古今与艺文人物
头上彩虹
没有错过的阳光

## 第二批出版书目

太　皮《神迹》

尹红梅《木棉絮絮飞》

卢杰桦《拳王阿里》

冯倾城《未名心情》

朱寿桐《从俗如流》

吕志鹏《挣扎》

邢　悦《被确定的事》

李烈声《回首风尘》

沈慕文《且听风吟》

初歌今《不渡》

罗卫强《恍若烟花灿烂》

周　桐《除却天边月没人知》

姚　风《龙须糖万岁》

殷立民《殷言快语》

凌　谷《无边集》

凌　稜《世间情》

黄文辉《历史对话》

龚　刚《乘兴集》

陶　里《岭上造船笔记》

程　文《我城我书》

程祥徽《多味的人生之旅》

---

以上按作者姓氏笔画排序

## 第二批出版书目

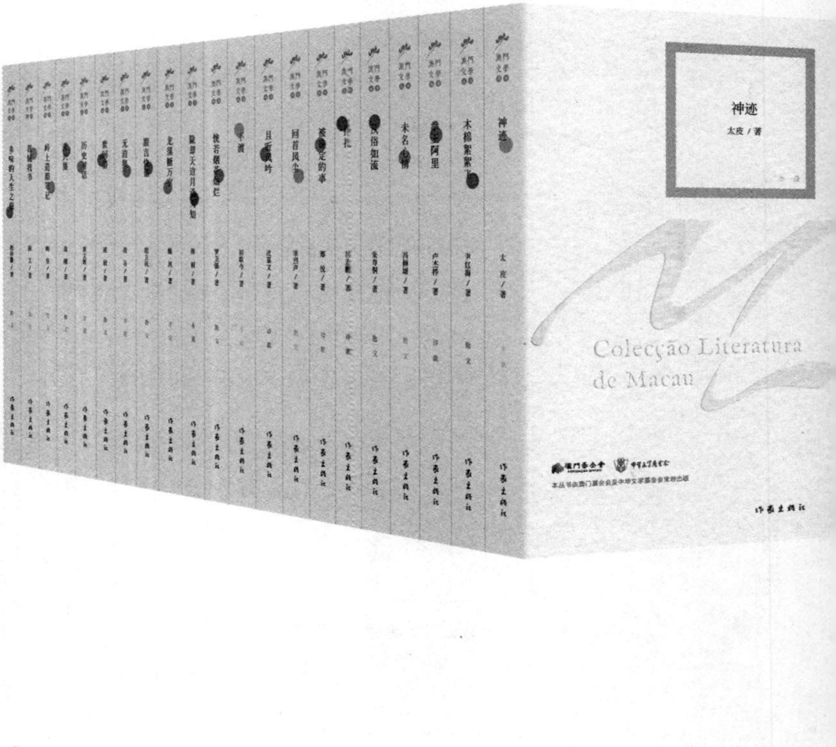

## 第三批出版书目

太　皮《一向年光有限身》

李文娟《吾心吾乡》

何　贞《你将来爱的人不是我》

陈志峰《寻找远方的乐章》

吴淑钿《还看红棉》

陆奥雷《新世代生活志：第一个五年》

杨开荆《图书馆人孤独时》

李嘉曾《且行且悟》

卓　玛《我在海的这边等你》

贺越明《海角片羽》

凌　雁《凌腔凌调》

谭健锹《炉石塘的日与夜》

穆欣欣《当豆捞遇上豆汁儿》

---

以上按作者姓氏笔画排序

第三批出版书目

澳門文學丛书